八月のくず

平山夢明短編集

光文社

八月のくず

平山夢明短編集

目次

八月のくず

1

世の中で、きっと人殺しほど人殺し扱いされると面食らう奴らはいない。

嘘じゃない。俺がそんな気分だった。

運転しているのはコックの趙が知り合いから回してくれた盗難車だったし、コズエは横で膨らみかけた腹にシートベルトをしようかしまいかいまだ悩んでいた。

昭和59年式、日産グロリア。アクセルを踏み込むと咳き込むような音を立てるボケたジジイのような車。当たり前のことだが、こうしてハンドルを握っても何の愛着も湧いてはこない。

俺はこれから人を殺しにいく。トランクには穴掘り用のシャベルがあるし、軍手や必要ならば着替え用の服、ビニールシートが入れてあった。

「雨が降りそうだね……」

コズエが心配そうに呟いた。

「予報じゃ明け方まではもつらしいって話だけど……。気が進まないなら止そうか？」

俺の言葉にコズエは頭を振った。当たり前だ、コズエは他人に反対や抵抗のできる女ではなかった。幼い頃から人の意見に流され、自分の意志を他人に合わせることでしか生きてこられなかった女、それがコズエだ。

「もう少ししたら振動もお腹には毒だろうし、悪阻のこともある。赤ん坊が産まれるまで今日が最期のドライブだ」

俺の言葉にコズエは顔を上げた。心なしか目が潤み、笑顔になっている。今まで積極的に赤ん坊を受け入れる発言をしてこなかった俺に対し、不安を抱いていた彼女にとって今の台詞は〈産んでも良い〉と聞こえたに違いなかった。

「さんきゅ……」

午前一時、俺はコズエの言葉を待たずに高速の料金所に向けてハンドルを切った。

2

思えばコズエも不運な女だ。両親が幼い頃に離婚した彼女は母親に連れられて次から次へと現れる〈おとうさん〉の間を母親と共に漂って暮らしていた。若い時は雑誌のモデルだったというだけあって母親の元にやってくる男は初めこそまともな連中も多かったらしいが、わがままで派手好きの彼女は飽きられることも多く、付き合っては棄てられ、付き合っては棄てられるを重ねるうち相手のレベルも自分の美貌（びぼう）同様に衰えだした。

男の職種が会社員から飲食業、パチプロから無職、ヒモからヤクザへと移り変わるにつれ生活（くらし）は激変した。特に母親のコズエに対する態度は男の機嫌によって猫の目のように変わったという。

「躾（しつけ）だって言って針で軀（からだ）を刺すの。殴ると痕が残るから……」

コズエが家では母親と男の顔色を、外では同級生や先生の顔色を窺（うかが）いながら生きるようになったのは当然のことだ。

高校を卒業すると同時にコズエは母親の反対を押し切って上京し、製菓会社の工場に就職した。何度か恋愛をしたが、何故（なぜ）か相手になる男は闇雲に支配欲求の強い歪（ゆが）んだ性格の者ばかりだったという。ある時、気晴らしに出かけた繁華街でコズエはスカウトされる。水商売だったのだが、母親譲りの美貌をもつコズエはバイト感覚で昼間の給料を楽々と超える金額を手にする。店長は頻（しき）りに昼職を辞めて、フルタイムで働くよう勧めたがコズエは首を縦に振らなかった。彼女には地味だが温かい家庭を作るという夢があったのである。

その夢に俺はつけ込んだ。

俺は繁華街のコンビニで、ホステスにしては素人臭（しろうとくさ）いコズエに興味を持ち、探りを入れ、カモることにした。客を装い、コズエの店で彼女を指名し、他愛（たわい）のない話のなかに堅い仕事をしていることを匂わし、勘でコズエの好む男を演じ続けた。

コズエは俺に興味を持ち、惹（ひ）かれ、愛し、信じるようになった。

俺はそこで自分がホストであることを告げた。コズエは狼狽（ろうばい）し、一旦は別れることも考えたが、仕掛けた針は既に彼女の胃袋に到達していた。俺は彼女に嘘八百とデマカセで固めた夢を与えた。本当は薄暗い店で莫迦(ばか)な女に酒を飲ませ、ぐでんぐでんになったところで派手に金を巻き上げる店をいくつも作るのが夢だと云(い)う代わりに、小さなイタリアンレストランをもって夫婦仲良く暮らしたいと云った。

苦労だらけの履歴も拵(こしら)えた。大抵は漫画で読んだスポ根、学園ものからパクッたのだが、現在のような職業に就いたのは真面目(まじめ)にやっていたにもかかわらず父親が死に、母親が病気がちでお金がないために大学も断念し、高校卒業してからは妹と弟を大学に通わせるために仕方なくしているとした。本当は両親ともに健在だし、俺が大学を退学したのは女と競馬に狂って借金づけになったのをホストで返そうとしてそのまま居座っただけのことだった。無論、借金は親が返している。

コズエは俺のストーリーを聴きながら自分に似ているところを見つけては感動していた。

「夜中の蛍光灯って怖いよね……」ある時、コズエはそういった。「わたし、大嫌い。白々しい灯(あか)りが冷たく畳を照らしているとロクなことが起きないの。ぶたれたり、叱られたり、そういう厭(いや)なものがみんなあの白々しい光のなかに詰まっているような気がして……」

俺は全く興味はなかったが聴いているふりをしながら涙を流した。

コズエは俺の涙に気づき、ハッとし、自分もハラハラと涙を落とした。

その瞬間、奴は〈俺専用の歩くATM〉になった。

3

「あの山の腹に光るものが見えたか……」

俺は人気（ひとけ）のない峠道で車を停（と）めた。苦しい理由だったが「今のはUFOかも」とコズエと一緒にガードレールの前に立った。

新道ができたお陰でこの旧峠を夜間、走る車はほとんどなかった。

「見えないよう……」

「そうかな。ジッと見てると光が現れるよ。あっちの方を見て」

奴が後ろを向いた時、俺は隠し持っていた金槌でコズエの頭を力一杯殴りつけた。コズエは無言で崩れ、硬い路面の上でボールを突くような音をさせた。留めを刺そうと手を振り上げるとコズエが不意に顔を向け、俺を見た。目には〈どうしたの？〉〈何が起こったの？〉と書いてあったので、俺は後者の答え用に金槌を振り下ろした。ところが冷静なつもりでいても慌（あわ）てていたのかチャプッと音をさせて金槌の先がコズエの眼球にもろに埋まってしまった。

引き抜きにくかったので柄を持って滅茶苦茶に動かすと歯をギリギリと食い縛ったコズエが「ふふふ」「ふふ」と震えながら笑いだした。なんだか厭だったのでコズエの肩に足を掛けて引くと泥から杭を抜くような音と共に金槌が抜けた。俺は痙攣（けいれん）するコズエを殴り続けた。顔は叩くうちに俺の知っているコズエじゃなくなっていった。頭からは豆腐みたいのや水のような血が流れ出し道に沿って拡がった。どうせ雨が流してしまうのだ、俺は気にせず殴り続けた。渾身の力をこめ最期の一撃を加えると〈あ〜ぁ〉とコズエの口から溜息のような声が漏れた。

俺はコズエの軀を道路の真ん中に持ってくると車に戻った。

車内にはまだコズエの石鹸の匂いが残っていた。今までシートに座っていた人間が今は目の前の道路でスカートを腰までめくったまま大の字になっている。まさに一寸先は闇とはこのことだ。ゆっくり車を進め、俺は注意深くコズエを轢いた。タイヤが乗り上げては下り、乗り上げては下りた。もう一度、バック。タイヤが乗り上げ、パキッと音がし、車体が沈んだ。そして乗り上げ、下りた。さてもう一度。タイヤが乗り上げては下り、乗り上げては下りる。そしてバック。タイヤが乗り上げては下り、バンッ！　ドアが叩かれた。コズエだ。死にながら怒っているのかも知れない。何度もタイヤで轢いたのに消えない怒り。そんなすごいものに謝罪できるだけの能力は俺にはなかった。なのでもう一度、少しハンドルを切ってコズエの他の部分を轢けるようにして進む。タイヤが乗り上がる、そして……今度はゆっくり車体が下がり、底の方でボキッと大きい音がした。小さく呻き声もしたような気がする。俺はバックする前に様子を確かめようと車を下りた。

小さなお肉屋さんができあがっていた。タイヤの痕に沿って路面にコズエの血と臓物が延びている。こうしてみると人間、結構、いろいろ詰まっているものだと感心した。コズエは普通の女と比べてもさほど大きい方ではなかった。しかし今、ここにこうして拡がっているコズエはセダン一台分ほどは自己を拡張させていた。見るとコズエの腰の辺りが深く凹んでいた。先程、タイヤが沈み込み底の方で大きく鳴った正体がわかった。骨盤を砕いたのだ。女の骨盤は大きい。なるほど。俺はコズエの顔の辺りを覗き込んだ。そこはまだ顔だと判る程度に原形を留めていた。

　これではいけない。

　俺はコズエを人間だか何だか判らない状態にまで潰してから埋めるつもりだった。よくニュースで埋めた死体が見つかったなどというが、そもそも埋める段階で人だと判らないほど完璧に潰してしまえば、たとえ誰かが発見してもそれがなんだかは判らないはずだし、埋めるのにも腐敗させるのにもこの方がずっと効率が良いに決まっている。

　俺は運転席に戻ると今度はドアを開けながら進め、コズエの顔の真上を轢くことにした。まず足が見えてきた。既にサンダルはなく白い膝が竹のように割れ、なかから骨と肉が泥で汚れた皮膚の隙間から巻き寿司の具のように覗いていた。

　その上をタイヤが乗るとコズエの躯がむくむくと動き、生きてるっぽくなった。ペキペキ、ポキポキ……。ドアを開けながら轢くと案外、人は潰れる時に大きな音をたてているのがわかる。躯も黙って潰されているだけじゃないっていうわけだ。勉強になる。

　胸の辺りが見えた。このまま少しハンドルを右に切れば顔の真上を通過するはずだ。

　俺はコズエの上で一旦、ブレーキをかけた。車体が少し傾いでいた。運転席側のバンパーの下にコズエの顔があった。皮膚が頬の下あたりで大きくたわみ、開いた口から歯が慌てて逃げだすみたいに溢れていた。俺は軌道が外れないよう気をつけながらコズエの顔の上にタイヤを乗せていった。ベキャと音がするとタイヤが沈んだ。俺はそこでまたバックした。タイヤが浮き、木箱を潰すような音で沈んだ。俺はまた車を進め……をくりかえした。やがてタイヤはコズエのどこを踏んでも浮かなくなった。俺は念の為、更に数回、轢いてから車を下りた。

路上にコズエだったものが散らかっていた。顔はしかめっ面のゴム人形のように内側に潰れ、変なところから骨が覗いていた。髪の毛が散り散りばらばらになり、火事場から逃げ出した人のようだった。まともに人間らしいところといえば指先ぐらいで後は服に包んだ生肉でしかない。股ぐらからはたぶん俺の子供がはみ出ているに違いなかった。

俺はトランクからビニールシートを取り出すとコズエだったものの横に拡げ、シャベルで押し込んだ。そしてシートでそれを包む様にすると山の方へ引きずっていった。

そこから先は比較的簡単だった。適当なところに深い穴を掘ると俺はビニールシートの上からコズエだったものを殴り、更に潰した。シートの端を持ち上げると中のものはオムレツのようにひっくり返って穴の底に落ちていった。俺はそれをさらに殴り、潰し、土をかけ、穴を埋め戻した。シートは別の穴を掘って埋める。

戻ると予め積んでおいたポリタンの水をフロント部分に掛け、ブラシで付着した血や肉を洗い流し、残りは道路にぶち撒いて流す。12リットルのポリタンを三つ。全てを使い、俺は道路の散らかりものと汚れた車を磨いた。

全てをやり終えると俺は車に乗り込んだ。

ラジオを点けると明け方から雨になると葬儀屋のような声の男がぼそぼそ呟いていた。

4

ところが全部が全部、順調というわけにはいかなかった。

グロリアは百メートルもいかないうちにへたってしまったのだ。昭和59年式のこの大年増はカーブの手前で心室細動よろしくぶるぶる震えるとプスンと音をさせたっきり死んでしまった。後は鍵が曲がるほど何度も捻(ひね)っても、揺すっても、怒鳴っても反応はなかった。コズエ同様、グロリアも死んだ。一瞬、女の笑い声が聞こえた気がしたが、こんな時間に山の中で嗤(わら)う女はいない。俺は車を山の端に突っこむと外に出て一服し、車を捨て、歩くことに決めた。どうせ他に通る者もない。たらたら歩いて帰るのも悪くはないと思ったのだ。

夜道に自分の靴音が響く。

前も後ろも自分以外の存在はなく、俺は俯(うつむ)きながら山を下った。

ふと気がつくと霧が立ちこめていた。暗闇で気づくのが遅れたが周囲は形もわからなくなるほど白い煙に包まれていた。その時、エンジンの音を聞いた。背後の霧がボーッと白くなっていた。俺は車を避けようと脇に寄った。白い霧の壁が輝きを増し、やがてヘッドライトの形をくっきり浮かび上がらせた。

なぜか俺はそこで手を挙げていた。

車はゆっくり俺に近づき停まった。

「乗る？」

窓が下がり、女の声がした。車内には他に人影はなかった。

俺は黙って助手席に乗り込んだ。

「悪いな」

「気にしないで。暇だし」

女の顔を見て俺は凍りついた。

ハンドルを握っているのはコズエだった。

「どうしたの」女が不審そうな声をあげた。

「いや……別に」

「変態なの、あなた？　変態は厭よ」

女はコズエに瓜二つだったが雰囲気は別人だった。コズエはこんなにタフな感じではないし、人をあからさまに睨みつけたりできない。

「すまん。あんたが、ちょっと知り合いに似ていたものだから」

「そうよく言われるわ」

女はそこで詮索するのに飽きたという風に話を切ると車を発進させた。

車は日産のグロリアだった。年式は見なくても判った。

いまや霧は完全な白い壁になっていた。ライトは拡散し、ミルクの海に沈み込むようだった。

なのに女はかなりスピードをあげていた。

〈もう少しゆっくり〉と云いかけたとき、突然、ミルクの海から人がダイブするように現れ、フロントにぶつかると消えた。その衝撃と急ブレーキでシートベルトをしていない俺はダッシュボードに叩きつけられた。腕の激痛に顔をしかめつつ女を見ると女も呆然と前方を見つめていた。

「やっちゃった」女は舌打ちしてから車を下りた。

俺もそれに続く。ヘッドライトの灯りが差し込む先に人が倒れていた。女がその脇に突っ立っている。

「死んでるわ」近づいた俺に女は言った。「困るわ」

女の顔にも声にも困ったような感じはなかった。

俺は路に目を向けた。

女だった。厭な予感がした。顔を見て予感が的中したことを悟り、胃が捻れた。

倒れているのはコズエだった。

「見てるのよ」

コズエは車に戻ると死んだコズエを轢き始めた。関節が砕ける度に手足がばたついた。コズエは実に丁寧に要領よくコズエを潰した。死んだコズエはアッという間に肉色のもんじゃのように路面に拡がり、形を失った。

「埋めるわよ」その光景を目の当たりにして呆然と立ち尽くす俺にシャベルを手にしたコズエが呟いた。「ビニールシートで包むと運びやすいわ」

俺はコズエと一緒に死んだコズエを引きずると山の中に穴を掘り埋めた。

気づくと俺たちはまた車を走らせていた。

霧はさらに濃くなっていた。

突然、ぶるぶると車体が揺れだし、ぷすんと音を立てて停まった。

「しかたないわ……歩きましょう」

コズエが外に出た。俺がシートに座ったままでいると奴はわざわざこちら側に回ってきてドアを開けた。「ずっとここにいることはできないわ」

俺は頷(うなず)くと外に出た。

ふたりで無言のまま霧のなかを進んだ。

すると背後から来たヘッドライトの明かりが俺たちと周囲の白い壁を照らし出した。

車は俺たちの横で停まった。

「乗る？」

助手席の窓が下り、なかから女の声がした。車内に他に人影はなかった。

コズエは黙ってドアを開けると助手席に乗り込んだ。

俺は後部座席に乗り込んだ。

「悪いわね」

「気にしないで。暇だし」

運転手が俺の方にちらりと目を向けた。

コズエだった。

俺は深い溜息をついた。

「どうしたの」ハンドルを握るコズエが不審そうな声をあげた。

「いや……別に」

「変態なの、あなた？　変態は厭よ」

俺は虚しく頭を振るだけだった。

車は発進した。

車内には俺とコズエとコズエがいた。

案の定、車はスピードをあげていた。

ふたりのコズエは口を利くこともなく前方に視線を向けたままだった。

するとボンッと派手な音がし、急ブレーキがかかった。

ふたりが車から下り、俺も続いた。

道路の真ん中で倒れている女がいた。それをふたりが見下ろしている。

俺が近づくと奴らは顔を上げた。

倒れているのはコズエだった。

「死んでるわ」

「困るわ」ふたりがそれぞれに呟く。

「見てるのよ」

俺が黙っていると運転していたコズエが車に戻り、死んだコズエを轢き始め、残ったコズエが俺に寄り添い、腕をぎりぎりと締め上げた。転がっていたコズエは関節が砕ける度に手足をばたつかせた。

運転手のコズエはもう何度もやっているかのように丁寧に要領よくコズエを潰した。

「埋めるわよ」俺を摑んでいたコズエが運転席を下りたコズエからシャベルを受け取り、俺に突きつけた。「ビニールシートで包むと運びやすいわ」

俺はコズエたちと一緒に死んだコズエを引きずると山の中に穴を掘り埋めた。

5

気がつくと俺たちは車を走らせていた。

霧はさらに濃くなっていた。

すると突然、ぶるぶると車体が揺れだし、ぷすんと音を立てて停まってしまった。

「しかたないわ……歩きましょう」

運転手のコズエが外に出た。俺がシートに座ったままでいると助手席のコズエが後部座席のドアを開けた。「ずっとここにいることはできないわよ」

俺は頷くと外に出た。

三人で無言のまま霧のなかを進んだ。

すると背後から来たヘッドライトの明かりが俺たちと周囲の白い壁を照らし出した。

車が停まった。

「乗る？」

助手席の窓が下り、なかから女の声がした。車内に他に人影はなかった。

俺は酷い目眩がした。

コズエは黙ってドアを開けると助手席に乗り込み、コズエは俺を後部座席に押し込むと自分も乗り込んだ。

「悪いわね」ふたりのコズエがユニゾンで言った。

「気にしないで。暇だし」

運転手が俺の方にちらりと目を向けた。

コズエだった。

俺は深い溜息をついた。

「どうしたの」ハンドルを握るコズエが不審そうな声をあげた。

「いや……別に」

「変態なの、あなた？　変態は厭よ」

「変態じゃないよ」

俺は虚しく呟いた。

コズエたちはくすくす嗤いあった。

車は発進した。

車内には俺とコズエとコズエとコズエがいた。

車はスピードをあげた。

三人のコズエは口を利くこともなく前方に視線を向けたままだった。

するとベキャッと派手な音がし、急ブレーキがかかった。

俺は足を突っ張っていたのでどこにもぶつからずに済んだ。

三人が車から下り、俺も続いた。

道路の真ん中で倒れている女がいた。それを三人が見下ろしている。

俺が近づくと奴らは顔を上げた。

倒れているのはもちろんコズエだった。

「死んでるわ」

「困るわ」ふたりがそれぞれに呟く。

「見てるのよ」運転していたコズエがそう呟くと車に戻り、死んだコズエを轢き始め、残ったコズエが両脇から俺に寄り添い、腕をぎりぎりと締め上げた。転がっていたコズエは関節が砕ける度に手足をばたつかせた。運転しているコズエはもう何度もやっているかのように丁寧に要領よくコズエを潰した。

「埋めるわよ」運転席を下りたコズエからコズエがシャベルを受け取り、もうひとりのコズエが手にしたものを突きつけた。「ビニールシートで包むと運びやすいわ」

俺はコズエたちと一緒に新たに死んだコズエを引きずると山の中に穴を掘り埋めた。

気がつくと俺たちは車を走らせていた。

霧はさらにさらに濃くなっていた。

すると突然、ぶるぶるぶるりんと車体が揺れ、ぷすぷすぷすんと停まってしまった。

「しかたないわ……歩きましょう」

運転手のコズエが外に出た。俺がシートに座ったままでいると隣に座っていたコズエに睨まれた。「ずっとここにいることはできないわよ」

俺は外に出た。

四人で無言のまま霧のなかを進んだ。

すると背後からヘッドライトの明かりが来て、俺たちと霧の壁を照らし出した。

車が停まった。

「乗る？」

助手席の窓が下り、なかから女の声がした。車内に他に人影はなかった。

俺は気が遠くなってきた。既に手は何度も遺体を埋める重労働でぶるぶる痙攣していた。

運転していたコズエは黙ってドアを開けると助手席に乗り込み、残るコズエは俺を後部座席に押し込むと両脇から乗り込んだ。

「悪いわね」三人のコズエがユニゾンで言った。

「気にしないで。暇だし」

運転手が俺の方にちらりと目を向けた。

やはりコズエだった。
俺は泣き声交じりの溜息をついた。
「どうしたの」ハンドルを握るコズエが不審そうな声をあげた。
「いや……どうもないっす」
「変態なの、あなた？　変態は厭よ」
「変態ではないです」
俺は俯いたまま呟いた。
コズエたちはくすくす嗤いあった。
車は発進した。
車内には俺とコズエとコズエとコズエとコズエがいた。
車はスピードをあげた。
四人のコズエは口を利くこともなく前方に視線を向けたままだった。
するとボンベログッシャンと派手な音がし、急ブレーキがかかった。
俺は両腕と両足を突っ張っていたのでどこにもぶつからずに済んだ。
四人が車から下り、俺も続いた。
道路の真ん中で倒れている女がいた。それを四人が取り囲んでいた。
俺が近づくと奴らは顔を上げた。
倒れているのは、まったくもってコズエだった。

「死んでるわ」

「困るわ」

「ずびずび」

「見てるのよ」四人がそれぞれに呟き、運転していたコズエが車に戻り、死んだコズエを轢き始め、残ったコズエが両脇と背後から俺に寄り添い、腕をぎりぎりと締め上げ、背中に爪をたてた。転がっていたコズエは関節が砕ける度に手足をばたつかせた。運転しているコズエは人間挽(ひ)き潰し歴五十年のベテランのように丁寧に要領よくコズエを潰した。

「埋めるわよ」運転席を下りたコズエからひとりがシャベルを受け取り、もうひとりが手にしたものを突きつけ、もうひとりが俺の顔を殴りつけた。

「ビニールシートで包むと運びやすいわ」

俺はコズエたちと一緒に死んだコズエを引きずると山の中に穴を掘り埋めた。

言い忘れたが穴掘りと埋め戻し、コズエを捨てるのを奴らは全く手伝おうとはしない。

ひと晩に掘り、埋め、掘り、埋め、掘り、埋めすると人間、死にそうになる。

俺は死にたくなっていた。

どんどん増えて強くなるコズエが羨(うらや)ましかったし、自分が何の意味もないくずだと理解した。

車に戻りながら、なんでコズエに自分を轢いて貰(もら)わなかったのかと悔やんでいた。

6

気がつくと俺たちは車を走らせていた。

霧は信じられないほど濃くなっていた。

すると突然……じゃなく中気の爺(じじい)のようにぶるぶると車体が揺れ、屁(へ)のような音を立てて停まった。

「しかたないわ……歩きましょう」

運転手のコズエが外に出た。俺がシートに座ったままでいると両脇のコズエが俺を激しくこづいた。「ずっとここにいることはできないわよ」と三人が声を合わせた。

俺は半ベソをかきながら外に出た。

五人で無言のまま霧のなかを進んだ。

すると背後から来たヘッドライトの明かりが俺たちと周囲の白い壁を照らし出した。

昭和59年式、日産グロリアが停まった。

助手席の窓が下がった。車内に他に人影はなかった。

俺は吐きそうになった。

運転席の女が顔を覗かせた。

コズエだった。

彼女は俺とコズエとコズエとコズエとコズエとコズエを見渡した。

「そんなには乗れないわよ」

その瞬間、背後に立つコズエたちが哄笑（こうしょう）した。

俺は奴らの爪が首や目に突きたてられるのを感じた。凄（すさ）まじい力で皮膚や血管が引きちぎられる。糸屑のようにボロボロにされていく激痛のなかで俺はようやく終わることが嬉（うれ）しくて失禁していた。

いつか聴こえなくなる唄

I

「暴れたりするのかな。そんな風には見えないけど」

B・ドクは御者台で揺れながら父であるO・ドクに何気ない疑問をぶつけた。自分たちが乗る二頭立て馬車（馬ではないが）を曳いて歩くノックスの大きな背を眺めた。

「莫迦云え。隙を見せれば忽ち人間を糸くずにしちまうんだぞ。びりびりびり！」

ノックスの軀は人と変わらないけれどやや前屈みで両手を使って移動するのは、図鑑で見た地球にかつて居たゴリラというのにそっくりだったけど大きな違いがあった。軀はゴリラより三回りも巨大で体毛がないこと。だからノックスの軀は強烈な惑星コスの陽の下で見るといつも青黒く光って見えた。それとノックスには目が無い。本当はあるけれど、それは顔のやや上部にひとつしかなく、しかも分厚い瞼の奥にしまわれていて誰も目を開けた生きているノックスを見た者は無かった。ノックスは家畜として、此の星で繁殖させられ様々な労働に使われていた。

B・ドクの父は農園主(ファザー)から広大な敷地における六十頭のノックスの管理を任されていた。隣の大鉱山では数百頭のノックスが地下三千メートルの中、昼夜を問わず希少金属(レア・メタル)等の採掘をしていた。

「俺が十六の見習いだった頃、ノックスが馬の蹄(ひづめ)を引き抜くのを見た。客人がノックスのチビを馬で引っ掛けたんだ。その途端、雄が一頭飛びかかり、蹴った後ろ脚を摑(つか)むと蹄鉄(ていてつ)ごと毟(むし)っちまった。あの時の馬の悲鳴と目ン玉落っことしそうな顔は、忘れられんよ」

Ⅱ

昼食の為、農園の隅にある小屋へ帰宅したB・ドクと父はお祈りをしてから皿に入れたチリビーンズとライ麦の麺麭(パン)に手を伸ばした。お祈りは神にするのではなかった。B・ドクの亡き母、L(レディ)・ドクに捧げたものだ。食器棚の上のラジオから雑音混じりの音楽が流れていた。泥棒が喜ぶような価値あるものは一切ない小屋だった。あるのは生きるのに必要最低限な品々が人数分、つまり二組ずつ。もしくはふたりで充分な量。此の小屋から数百メートル離れた場所にはコロニアル様式の壮麗な建物が在り、そこにはファザーと妻が三十人の召し使いに囲まれて暮らしていた。ふたりは質素な食事を楽しみ、その後、皿とスプーンを流しに置いたB・ドクは靴を履いた。

「行ってきます！」そう云い終えた時にはB・ドクの躯は半分、外に飛び出していた。

「沼(デズル)はダメだぞ！　あそこはまた広がってるんだ！」

B・ドクは自転車に跨(また)がり漕(こ)ぎだした。午後の風は心地よく、遥(はる)か彼方(かなた)まで広がる農園は実った麦で〈黄金の海〉に見えた。刈り取りの作業をしているノックスが曲げた軀を伸ばしてこちらに顔を向けるのが見えた。B・ドクは更に更に漕いだ。そして自転車は湖ではなく、父から禁じられた沼のある〈迷路の森（ザ・メイズ）〉に向かって突進して行った。

数分後、B・ドクは森の中心部を目指して歩いていた。地面はぬかるみが多く、また腐葉土で靴が沈むような場所も多いので自転車は森の入り口に乗り捨てていた。B・ドクは森を散策するのが好きだった。農園では森に立ち入ることは厳に禁じられていた。様々な菌を媒介（ばいかい）する害虫や有害動物がいるかも知れないし、なんと云ってもザ・メイズという名の通り、ここは表層が絶え間なく移動し、流れているので数週間で地形全体が変わってしまう。故に地図が全く役に立たないのだ。しかし、それ故に人の手が一切触れていない自然のエネルギーや大地の息吹（いぶき）を感じるのも事実で、B・ドクは（危険を教えようと）初めて父に連れてこられて以来、軀を抜ける不思議な力の虜（とりこ）になっていた。

その日も小さな広場を見つけると敷物代わりのマントを広げて仰向（あおむ）けになった。目を閉じると様々な生き物のさえずりや鳴き声が聞こえ、また柔らかな枯れ葉が熱を持っているのか背中をぽかぽかと温めてくれた。B・ドクは何故（なぜ）か父の言葉を思い返していた。『俺たち人間は全て、此の地球（ホーム）からやってきたんだ。今はあちこちに散らばっちまってるが地球人というのは全宇宙で最も勇敢で優れた民族なんだ。地球人だけが、この広大な宇宙を征した種族なんだ。だからおまえも貧しくても誇りと自信を失ってはだめだ』。父は事あるごとに〈地球人が如何（いか）に優秀か〉を息子に話した。それはまるで現実の豊かさからは遠く離れた生活をせざるを得ない自分に対して云い聴かせているかのようだった。

不意にB・ドクは奇妙な声を聞いた。厚い金属の道路を大きなティンパニーの棒付き車輪が疾走したような……。思わずB・ドクは音に向かって駆け出した。声は犬の足と彼が呼んでいる大樹の方からしていた。樹林を駆け下り、駆け抜けした所でB・ドクはあまりの『声』の大音量に足が竦んでしまった。巨大な雄のノックスが両手で地面を叩き吠えていた。ノックスの閉じた目の先には小さな子のノックスが上半身を地面から覗かせていた——流砂だ！ B・ドクは瞬時に事態を察知した。地下の深い所を走る水脈が表層を動かす為、この森では度々、地面が〈落とし穴〉と化して生き物を呑み込む。雄ノックスの両手も砂だらけだった。子ノックスを助けようとしたが軀の重みで不可能だったに違いない。

B・ドクはマントを広げると投網のように投げた。巧い具合に子ノックスの近くまで縁が届いたが僅かに足りない。B・ドクは腹這いになると砂地全体に体重を分散させつつマントの上を移動した。ずぶっずぶっと突いた手が頼りなく沈む。まるで綿菓子のネットで綱渡りをしているような気分にゾッとした。首まで砂に浸かっていた子ノックスは手足をばたつかせている。〈静かに！ 動いちゃいけない！ 怖いだろうけど動かないで！〉B・ドクは叫んでいた。彼は近づくと手を伸ばした。子ノックスも手を伸ばす——互いの指と指が触れあった。人とノックスの手が繋がり〈よし！〉B・ドクがそう呟いた途端、まるで〈大きな蕪〉のように軀が浮き上がった。目を開けると自分を吊り上げた雄ノックスの逆さまの顔が歯を剥いて笑っていた。

やがて地面に下ろされたB・ドクを見て、子ノックスが雄ノックスに何か囁いた。すると親ノックスがグローブのような巨大な手をB・ドクに突き出し、目の前で隠れていた六本目の指が現れた。それは人間で云う人差し指と中指の間にあり、他の指と全く同じだった。が、先端がポッと発光すると、そのままひょいとB・ドクの額に触れた――気がつくと彼は屋根裏部屋でもある自室で寝ていた。ぼんやり額に触れていると手をタオルで拭く父が入ってきた。

「農道でぶっ倒れているのを見つけられたんだ。自転車で転んでどこかに頭でもぶつけたんだろう。元気なのは良いが、ぶつけ過ぎて俺より頭が悪くなられては困るぞ」父は苦笑した。

Ⅲ

――その夜B・ドクはなかなか寝付くことができなかった。というのも食事をしている間もずっと奇妙な〈音〉(ノイズ)が耳の底に残っていて、それが気になって父の話にもなかなか集中することができなかったのだ。虫の羽音のような、それでいて何かリズムを持って止まったり、また始まったりする不思議な〈音〉。と、突然〈音〉(ノイズ)が変化した――くっきりと輪郭を持った清明な〈音〉(サウンド)に。なんだこれ？　B・ドクは大きく目を見開いた。薄く硬質な音が風のような緩急とコスの太陽のような濃淡を帯びながら続いていた。いつのまにかB・ドクは死んだ母を思い出し、涙(なみだ)を零(こぼ)していた。そしてB・ドクは自転車で音の源(もと)へと向かった。音は森からやってきていた。そして不意にノックスが車座になっている所へ出会(でくわ)した。奴(やつ)らは火を囲むように座っていた。そして彼らの前で一頭の子ノックスが踊るように行ったり来たりしていた。

……やっぱり唄だったんだ……。Ｂ・ドクは子ノックスの身振り手振りを見て確信した。今も聴こえる〈音〉は紛れもない彼らのサウンドだった。でも何故……それが聴こえるんだ。それに唄は耳を通してではなく直接、頭に届く。どういうことなんだろう……。そう思った途端、唸り声と共に軀が持ち上げられ、ノックスの輪の真ん中に放り込まれた。輪の一部が崩れ、凶暴な表情を浮かべたノックスがＢ・ドクに牙を剝き出した。その瞬間、頭の中で怒号が響いた。『見つかってしまったぞ！』

　興奮したノックスがＢ・ドクを取り囲んだ。額に親指ほどの太さもある血管を浮かべた顔が目前に迫り、熱気と怒りの混じった臭いが彼を包んだ。『沼に放り込め』『いや、口を利けなくするだけで良い』『目はどうする？　耳は？』Ｂ・ドクの脳内に声の洪水が押し寄せ、脳が沸騰し、思わず横倒しになった。

『待て！』突然、大きな声が轟くと全員が静まり返った。ノックスの動きが止まった。群れを割って肩に子ノックスを乗せた一匹のデカいノックスが現れた。

『その子は良い人間だ』ノックスの声が頭に響いた。子ノックスが飛び降り、Ｂ・ドクの額に指を触れた。脳を圧していた無音のざわめきが消え、静かな声だけが残った。

『もう大丈夫だよ』声は少女のものだった。『これで、うるさくない』

「君は……」

『わたしはアノア。あれは父のモル。さっきはありがとう』

「僕はＢ・ドク」

『知ってる。O・ドクの子供ね。お母さんのことは残念だったわ』

「知ってるの？」

『ええ。知ってるわ。わたしたちは自分の考えを仲間に伝えることができるの』

確かに先程までの興奮や怒りは完全に消え、今は大きな樹の下にいるような感じがした。

『みんなは、あなたがわたしを助けてくれたことも知ったわ』

『君は勇気と知恵があるな』モルの声がした。『あの時、わたしは自分の重さで娘を助けにはいけなかった。君が居なければ娘は助からなかったろう』

『わたしが飛び鼠（スキッパー）なんか追いかけて迷い込んだからよ、ごめんなさい。とうさん』

その時、B・ドクはある事に気づいた。「ちょっと待って！　なんで話ができるの？」

くすりと笑い声がし、アノアが答えた。『それは貴方（あなた）の言葉を間借りしてるからよ。脳信（テレス）では言葉はひとつなの』

『おい。アノア続きを！』誰かの声が割り込み、歓声が上がった。

するとアノアはモルの肩に乗った。それからあの〈唄〉が聴こえ、やがて唄うアノアを乗せたモルが森の奥へ歩き始め、みなもそれに続いた。唄いながらアノアはB・ドクと会話することができた。「でも驚いたな」

『なにが』

「おまえ達は凶暴で知恵も何もないと……そう教えられてたから……ごめん」

『その方が都合が良いからよ。凶暴でウスノロな生き物にしておけば人間は虐（いじ）めたり、殺したりしても、ご飯をおいしく食べたり、ぐっすり眠ったりできるでしょう?』

「それは……」

『良いのよ。あなたのせいじゃないから。あなたは、ただそういう時代の、この星に生まれただけ。でも、できれば何かしてほしい……なにか……わたし達にとって正しいこと』

『行くぞ』そう声がし、B・ドクとアノアはモルの背中に乗せられた。『あまり遅いとこの子の父親が心配するからな。O・ドクが』

『ここを摑んで』アノアがモルの背にある疣を指差した。『しっかりね。モルは速いから』

……わかったっ……! と云い終わらないうちにB・ドクはボールのように軀が宙に浮くのを感じた。モルは凄まじい勢いで木から木へと移動し、時には軽々と跳躍して見せた。星の明かりで白くなった森や大地を息つく間もなく移動し続けていると、まるで自分自身で滑空しているような錯覚にB・ドクは大口を開けて笑っている自分に気がついた。

『B・ドク……』移動しながらアノアが呟いた。『ずっと友達でいてね。口を開かなくても心で呼びかけてくれればわたしにはわかるから……』

『うん』笑いながらB・ドクは心で頷いた。

『そう……その調子。でも、あなたも大人になれば……それまでは……ね』

Ⅳ

モルは屋根裏の窓からこっそりＢ・ドクを戻してくれた。帰る時、アノアが彼の頬にキスをした。Ｂ・ドクは昨日に引き続き自分の身に起きた事に興奮しながらベッドに潜り込んだ。すると階下から父の怒鳴り声が聞こえた。部屋を出て様子を窺(うかが)うとウーダの後ろ姿が見えた。ウーダはファザーの下男だが色々と意地汚い噂(うわさ)の絶えない男だった。

『絶対にそんなことはさせないぞ！　あんなドラ息子の好き勝手は許さん！』父の声がした。

「そんな事云ったって、もう決まってるのだ。あんたはそれをするだけなのだよ、ちちち」

『今は大事な収穫の時期だ。そんな莫迦げた道楽のせいでノックス達が動揺したら今年の売り上げはどうなる？　只(ただ)でさえ去年、おととしと続いた自然火災の御陰で滅茶苦茶なんだ。やっと立て直したところなんだぞ！　狩りなんてやってられるか！』

「ファザーはもうこの農園の事なんか気にしちゃいねえのだよ。今は希少金属(メタル)よ。こんな農園なんざノックスの無駄遣いだって。もっともっと奴らをコキ使うんだって。ファザーは隣の惑星の深海鉱物に事業転換するつもりなのだ。ちちち」

『莫迦な！　ファザーは農園の十年計画書を地球(ホーム)に提出し、了承された。予算も出てる！』

するとウーダは乾いた声で笑った。「予算(ぜに)なんて、もうないのだよ。ファザーや奥様、ぼっちゃま御家族が邸宅と食事と衣装と娯楽で溶かしちまったよ」

○ 4 ○

『どういうことだ……』

「云った通りなのだ。ここはもうオシマイ。ファザーは使っちまった予算を捻出する計画を立ててるよ。単に売却するにしたって二束三文。予算分は保険を使ってたんまり補い、余ったので懐(ふところ)を膨らませてから売り払うつもりなのだ、ちちちち」

その後、父の罵声(ばせい)が続き、ウーダは踊るようにして出て行った。

父がB・ドクの部屋に入ってきたのはそれから随分、経(た)っての事だった。ベッドに座り込んだ父からは酒の臭いがした。こんなに酔った父を見るのは母の葬儀以来だった。

「悪い。起こしちまったな」

「大丈夫。それより、とうさんこそ」

「はは。心配するな。大丈夫さ」

「……とうさん」

「うん？」

「ノックスは優しいね」

「どういうことだ」父の声の調子が変わった。

「ノックスはとても綺麗(きれい)な歌を唄うよ。それに喋(しゃべ)る。ちゃんと僕の話もわかるんだ」

「おい、何を云ってる。まさかノックスに近づいたのか？　ひとりで？　そうなのか？」

強い力で両手を掴まれ引き起こされたB・ドクは急に怖くなった。

「いったい何をしたんだ！」酔った父は見た事もない怖い顔で彼を揺すり続けた。「云え！　何をした！」父は息子の頭を叩いた。「何か隠してるのか!!　云え！」

「何にもしてない！　悪い事はしてないよ」B・ドクは毛布を頭まで引き上げて叫んだ。

「莫迦野郎！　ノックスは人間じゃない。化け物だ！　奴らは最低の人間以下のろくでなしなんだ！　殺されたらどうするんだ！　おまえまで居なくなったら俺はどうすりゃいいんだ！」

「かあさん！　かあさん！　かあさん！」不意に飛び出した言葉に父の手が止まった。B・ドクは毛布の下で啜(すす)り泣いている。やがて父は立ち上がり、ドアを開けた。

「奴らには近づくな。それだけは約束してくれ……」毛布越しに父の声が聞こえた。

V

『ごめんなさい……そんなことになるなんて……』アノアは湖面に向かって項垂(うなだ)れた。

「僕が悪いんだ。とうさんの気持ちも考えず勝手なことを云ってしまったから」

『O・ドクはとてもいい人だわ。わたし達はそう感じている。ウーダなんかより百倍もマシ』

「あいつだよ。昨日、とうさんと言い争っていたのは」

『ウーダはノックスの赤ん坊を黙って売りさばいていたの。それがバレて管理人を馘首(クビ)になったの。見つけたのはあなたのおとうさんなのよ』

　B・ドクは溜(た)め息を吐(つ)いた。

「君は人間よりよっぽど頭がいいみたい。ごめん、よくない言い方だったね」

『わたし達は個々の気持ちや意思を共有できるから、その分、覚えたりすることが楽なのかもしれないわ。それに忘れても、いつのまにか誰かが、またその穴を埋めてくれるから』

「凄いなノックスって。そんなことどうやってやるのか見当も付かないや」

『簡単よ。見るの』

「見る？　だって目はないんだろ？」

『あるわ。ただ漫然とは見ないの。わたし達は』そう云うとアノアは額の辺りにある深く刻まれた線を指した。『この下に目はあるわ。この大きな一つ目が世界への窓であり、唯一の武器なの。生まれたばかりのノックスは瞼を捲り上げられて親に見られるの。見られた瞬間、子供の脳のなかへ様々な必要なことが移される。その時に大事なのは親達ができるだけ欲や穢れのない穏やかな気持ちでいること。でないと見られた子供に恐ろしい影響がでてしまうのね』

「どんな？」

『わからないわ……あなたの顔もちゃんとわかるわ』

「なんだか恥ずかしいな」

『わたしは好きよ、Ｂ・ドクの顔。優しそうで滑らかでおいしそうな桃みたい。わたし達は好きな相手を果物に喩えるの。桃は大好き大好きっていうこと』

ふたりは顔を見合わせた、Ｂ・ドクは初めてノックスの少女を美しいと思った。

Ⅵ

早朝、Ｂ・ドクがまだ寝ているとドアがノックされた——父だった。

「今日の昼、管理小屋で飯を喰(く)おう。その後、馬に乗せてやる」

「え！　馬！　馬が来るの！」思わずＢ・ドクは毛布を撥ね上げ、ドアを開けた。「ほんと？」

「ああ」父が満面の笑みでそう応えた。「去年から注文してたのが三頭入ってな。こっちの水に慣らすのに少し時間がかかったが、今日は使えそうだ。乗りたいだろう？」

Ｂ・ドクは強く頷いた。

「そしたら、それで仲直りだ。いいな」父が差し出した手をＢ・ドクは握り返した。

Ｂ・ドクは昼が来るのが待ち遠しくて仕方なかった。地球(ホーム)産の馬は、とても高価で入手が困難だと聞いていた。Ｂ・ドクはネット図鑑で見てから地球馬に心を奪われた。

Ｂ・ドクは早速、アノアに伝えてみた。が、彼女から返事はなかった。昼になり、管理小屋に行くと既に馬が繋がれていた。図鑑と同じ脂肪のない筋肉質の脚が見事な栗毛と共に輝いていた。

「すごいや」見とれる息子の姿を満足そうに眺めながらＯ・ドクが近づいてきた。

「……人間で云えば二十歳(はたち)ってところだ。正にやる気満々の雄だ」

馬は額にダイヤ形の白い毛がある。長い睫(まつげ)の奥にある目に自分の姿が映っていた。

「少し乗ってみるか？」

その言葉にB・ドクは短い悲鳴を上げ、その場で跳ねた。馬は額の特徴に因んで星と名付けられた。ステラに乗るとノックスよりもずっと高く感じた。父は息子を鞍の前に乗せ、ゆっくりとノックスが畝に沿って黙々と収穫している周囲を歩き出した。

と、突然、鋭いハウリングのようなものがB・ドクの脳を掻き混ぜた。

「どうした？　顔色が悪いぞ」

だいじょうぶ……と呟きながらB・ドクは強い陽射しを浴びているノックスたちの汗に光る背中を見つめた。そこには馬とは別の巨大な筋肉が蠢いていた。

悲鳴みたいだ……彼はもう一度、心のなかでアノアに呼びかけた。が、返事はない。

「一旦、小屋に引き上げよう」息子の様子を見て取ったO・ドクがそう云い掛けた途端、畑中のノックスが一斉に振り向いた。その気配に馬上のふたりもノックスが顔を向けた方を見た。森から一頭の馬が飛び出してきた。見知らぬカウボーイ姿の男が全速力で走らせているのだが、馬に繋がれたロープの先で何かが引きずられていた。ノックスだった！　子供のノックスが馬に引きずられていた。と、畑にいたノックスが一斉に馬に向かって突進し始めた。馬はスピードを上げた。滅多に声を発しないノックス達が吠え、そして馬を捕まえようとドタドタと駆け回った。麦は踏み荒らされ、畝は滅茶苦茶になっていく。

「よせ！」O・ドクは叫ぶと馬の腹を蹴った。

ドン！　と空気を震わせる轟音がし、O・ドクは馬を止めた。前方でカウボーイの馬に齧り付こうとしたノックスの首から上が霧と消えた。続く二発目で飛びかかろうとしたノックスが背中に大穴を開けて地べたに転がった。カウボーイが現れた辺りに道化師帽(ピエロ)の若者が雪のような白馬に乗っていた。彼は手にした中性子銃(コスモ・ガン)をノックス達に向けている。

「バーム！」Ｏ・ドクが叫ぶと道化帽子の若者が振り向き、〈こんにちは〉というように手を振った。「なにをする！」

ドゥムッ！　三発目が別のノックスの腹を裂いた。馬は走り続け、ノックスの群れがそれを追う。その背を道化帽子の銃が次々に襲った。Ｏ・ドクが馬を道化帽子の元に走らせた。

父が制止するのも聞かず若者はノックスを撃ち続ける。子ノックスを引きずり回されている間、ノックス達は狂乱状態で馬を追うのを止(や)めない。

「おまえの仕事を手伝ってるんだよ、のろま(トント)」

Ｏ・ドクは尚(なお)も撃ち続けている道化帽子の腕を馬上越しに掴んだ。「触るな！　糞虫(くそむし)！」男は歯を剝き出し、銃口をふたりに向けた。Ｂ・ドクは父が息を呑むのを聞いた。

「おまえが生ぬるいからここのノックスどもは、すっかりダレきってる。だから俺が役立たずを間引いて風通しをよくしてやってるんだ！　感謝しろ！」また一頭撃ち殺した。

「やめろ！　奴らは仕事をしてるんだぞ！」

「別の管理人なら五日で終わらせる仕事だ」

「そんなことをしたら奴らがくたばっちまう」

「それがどうした？　ノックスなんか腐るほどいる。また買えよ！　パパのお金でな！　ははは」

『Bィッ！』アノアの絶叫が聞こえた。

すると新たな馬が飛び出してきた——ロープに繋がれているのはアノアだった。

「アノアッ！」目の前を通り過ぎたアノアがB・ドクに向かって手を伸ばし、過ぎ去る。反射的にB・ドクは馬から飛び降り、走った。「待て！　B！」

アノアを引く馬前に一頭のノックスが立ち塞がった。馬はスピードを落としたがノックスの額に大穴が開き、仰向けに斃れた。

「アノア！」その隙にB・ドクは馬とアノアを繋ぐロープに飛びつき、ナイフで切り離した。勢いに乗ったふたりは抱き合ったまま地面を転がった。

「大丈夫？」息も絶え絶えのアノアは頷くのが精一杯だった。

と、馬の嘶きと共に道化帽子が目の前に立ちはだかった。「外道！　飼い主に逆らうとは父子ともども恩知らずな輩だ！」と、アノアに銃口を向けたのでB・ドクは覆い被さった。

「ははは。良い様くれだ糞餓鬼！　蛆虫同士ブチ殺してあげます！」道化帽子が照準を合わせ、銃爪を絞るのを感じた。アノアの震えが直に伝わってくるのを感じたB・ドクは強く抱きしめた。何事かを叫びながら追ってくる父の馬はまだ遠い。銃口が光った——瞬間、くの字に馬の首が折れ曲がり、白い線を引いて蒸発した——ように見えた。どぉんっと云う音と共に吹き飛ばされた馬が遠くに落下するのが見えた。『大丈夫か！』モルの声と父の声が同時に聞こえ、B・ドクは父に、アノアはモルに抱きかかえられた。遠くで〈痛いよ痛いよ〉と泣きじゃくる道化帽子の声が響いていた。

Ⅶ

目を覚ますとB・ドクは自室にいた。窓の外から見える空は夕暮れの色をしていた。

O・ドクがベッド脇の椅子に腰掛け、項垂れていた。

〈アノアは……〉

その声に父が顔を上げた。

「あのあ？　ああ、あのチビノックスか、あれは奴ら（ノックス）が連れて行った。今頃、ねぐらだろう」

「モ……、あの僕らを助けてくれたノックスは？」

「捕まったよ。えらい暴れようで麻酔銃を山ほど撃たれてな、生け捕りだ」

「どうなっちゃうの」

「わからん。ただじゃ済まんだろう」

「あのヘンテコな帽子を被（かぶ）った人は？」

「あれがファザーの小倅（こせがれ）のバームだ。親爺（おやじ）の権力を笠（かさ）に着て弱い者イジメが酷（ひど）すぎたんで地球（ホーム）から所払いを喰らった鼻抓み（はなつまみ）者。人間の屑（くず）だ」

O・ドクは息子の顔に触れると傷の様子を調べた。唇が裂け、顔は瘤（こぶ）だらけだったが心配するほどではなかった。「なあ……おまえは、なんであの時、急に飛び出したんだ」

B・ドクは返事をしなかった。

「死んだかもしれないんだぞ」

「とうさん……ノックスは言葉がわかるんだよ」

父が息を大きく吸い込むのがわかった。

「もうそんな話はたくさんだ。おまえどうかしてるぞ。以前のおまえに戻ってくれないか」

「ほんとなんだよ！」

「そんなはずがない。あいつらにそんなことはできない」

「だってそうなんだ！　信じてよ！　とうさん！　信じて！」

「唄だけだ！」O・ドクは思わず発した自分の言葉にハッとした。

「そうか……知ってたんだ。とうさんも歌を聴いたんだ！　そうでしょ!?　知ってたんだ！」

「ずっとじゃない！」父は息子の言葉をかき消すように叫んだ。「一瞬だ！」

「一瞬？」B・ドクの軀が震え、そして固まった。父はその様子を見るのが耐えきれないように目を逸らし、そして続けた。「長くはない……たった一時のことだ。いずれ聴こえなくなる。おまえも大きくなれば聴こえなくなる。そうすりゃ、そんなことなんか全て忘れちまう。だから気にするな。大丈夫だ。奴らは動物だ。人間じゃない。それ以下なんだ。そう思ってれば何の問題もなく暮らせる。奴らだけじゃ、この星では生きていけない。おれ達がちゃんと導いてやらなくちゃ奴らは全滅しちまう。その代わりに働かせる。それだけの事。そんな想い出なんか大人になれば、みんな砂絵みたいに消えちまうさ」

「そんなはずない……とうさんだって……そう思ったはずだ！　そうでしょ？　ノックスの歌を

聴いた時には人間以下だなんて思えなかったはずだよ！」

するとノックの音が響いた。ドアが開き、金髪にスーツの女がウーダと共に入ってきた。

「防衛省軍事部治安維持課、矯正第三局のアンヌ・Qです。先程の事故の調査をしています。御子息に質問があります。これが聴取許可令状です。ご確認できましたら押紋を」

女が差し出した携帯モニターを見たO・ドクが溜め息交じりに親指で触れた。

「結構です。では彼とふたりで話をさせて下さい」

「居ちゃダメなのか」

「発言に偏向が掛かる可能性が拭えません」

「ファザーの指示でもある。従った方があんたの為だ、ちちち」

O・ドクは息子に云った。「さっきの話を忘れるな」

父とウーダが出て行った。女は椅子を引き寄せ、腰掛けると黙ってB・ドクを見つめた。

「惑星コスは暑いわね。もうすぐ日没だというのに、まるで真昼だわ」女はスーツを脱ぎ、ブラウスになった。長い髪がふわりと揺れ、香水が香った。

「モルはどうなるの？」

「もる……あのノックス？　殺処分するべきだけど、そうはせずファザーが引き取ったわ」

「助かるの？」

女は肩を竦めた。「私の管轄じゃないし、人を咬んだ犬がどうなるか考えてみたら？」

「ノックスは犬じゃない」

○ 5 ○

B・ドクの言葉に女は薄く笑った。「そこが訊(き)きたいの。君はノックスを特別に感じているらしいけれど、それは喩えると何になるのかな？　他の生き物に喩えると……」

「ノックスはノックスだよ」

「ふうん。でも君は牝(めす)の子ノックスを助けたんだよね、どうしてそんな事をしたの？」

「だって馬で引きずられていたんだよ。あの子はどうなったの？」

「さあ、どっかで生きてるんじゃない？　君の取った行動ははっきり云って異常よ。大人の言葉ではジョーキヲイッシテルの。とても危険な事よ。私はその理由を知りたいの。ノックスは犬や猫なんかの愛玩動物とは違うわ。彼らは家畜(ライブ・ストック)よ。豚が苦しがってるからって走ってる車から飛び降りる人はいないわ。君がしたのはそれと同じ行いなのよ」

　B・ドクは答える代わりにアンヌを睨んだ。

「唄を聴いたのね。それとも言葉……」

　B・ドクは顔色の変わるのを感じた。見ると上腕の毛が鳥肌と共に逆立ち、顔を上げるとアンヌもそれを見ていたのがわかった。

「君、彼らの本当の怖さを知らないのね」

「なんですかそれ」

「奴らの武器は相手の精神を読み取る事なの。特に若い人達は奴らにとって容易(たやす)いらしいわ。君が聴いたという歌も話したと思いたがってる内容も全て奴らが君の脳を弄(いじ)ったからなの。このままだと脳を乗っ取られるわよ。御覧なさい」アンヌは壁にホログラムを出した。そこには苦悶(くもん)したり、死んだように無表情な人間が出現した。「これがノックスに脳を侵された人間の末路ね。こうなったら廃人。亡くなったお母さんは、どう思うかしら」

突然、大きな叫び声が聞こえた。ベッドから飛び降りるとB・ドクは窓に駆け寄った。

管理小屋前、広場に人が集まっていた。「あ！」短い声を上げるとB・ドクは部屋を飛び出し、階段を駆け下りた。「どいて！」B・ドクは黒山の人だかりに分け入ろうとしたが、興奮した大人達は彼には全く気がつかない。仕方がないので跪き、そのまま脚の間を縫って前へと進んだ。作業員達の汗と埃をたっぷり吸った服の間を抜けると、たまにファザーが皆を集めて話をする台の近くに出た。そしてB・ドクはそこで凍り付いてしまった。木箱を並べて舞台にした上にモルがいた。拷問されたのか血まみれだった。モルには首輪と腕輪が付けてあり、それぞれが太い鎖で地面に打ち込んだ杭へと繋がっている。傍らにはウーダとあの道化帽子の男が猟銃を手に立っていた。モルは眠っているのか躯を左右に揺らし、静かにしていた。道化帽子が叫んだ。

「今からノックスをケイモーする！　貴様ら、ケイモーがわかるか！」応える者はいなかった。

「ケイモーとはおまえ達のような人間のノータリンを叡智の光で照らして救ってやることだ！今日は特別にこの俺を痛めつけたノックスをケイモーする！　よく見ておけ！」

これから何が始まるのかと周囲が水を打ったように静まり返った。B・ドクは肩をグイッと摑まれるのを感じた。父だった。とうさん……と云い掛けたがO・ドクの表情は今迄、見た事がないほど苦しげで歪んでいた。「奴は働き者の良いノックスだった……」

ウーダがモルの背後に回った。そして頭を抱えると〈ぼっちゃま！　お手早く〉と叫んだ。

モルは厭々するだけで動きが鈍い。

「逃げて……逃げてモル……」

「無理だ。象さえ倒れるほどの麻酔を打たれているんだ。立ち上がる事もできんだろう」

道化帽子が狩猟用ナイフを取り出すと、いきなりモルの額に刺し込んだ。

『いぎゃ゛ぉぉぉ』歯軋りと苦悶の混じった異様な声がモルの口から溢れた。

道化帽子は遠慮なくナイフで額を切り裂く。

「止めろ！」B・ドクが駆け寄ろうとするのを父の腕ががっしりと摑んで離さなかった。

「とうさん……」B・ドクは父の目に泪が光るのを見て、息を呑んだ。

『ぐぉぉぉぉ！』モルの声が一際、大きくなり、道化帽子が切り取った肉の断片を掲げた。

「ノックスの瞼だ！　今や光が奴の脳を直接、ケイモーするぞ！　見ろ！」

「何てことだ……」父が呻いた。

瞼を削がれたモルの額に現れた巨大な一つ目が、太陽に直撃されていた。閉じるべき瞼は失われ、塞ぐべき両手は鎖で縛り付けられていた。余りの光景に男達が恐怖でざわめき、後じさった。苦悶の雄叫びを上げつつ、自分達を見下ろすノックスは遥かに威容を感じさせた。モルは軀を左右に激しく振り揺すった。と、両手の杭がすっぽ抜けた。

「ぬっ！　抜けたあ！　ノックスの手が抜けたぞ！」

モルは血まみれの額を振り、ウーダの頭を両手で挟み込むと潰してしまった。〈ちちち……ぶぎぃぃぃっ！〉B・ドクは手の中で粉砕される寸前、ウーダが〈けきょ〉と云うのを聞いた。次いでモルは腰を抜かしている道化帽子に迫った。〈ごめんなさい！　ごめんなさい！〉道化帽子は真っ青で両手を合わせモルに命乞いをした。頭陀袋と化したウーダを捨て、激高したモルが拳を振り上げた瞬間、ドンッと銃声がし、ノックスの首から上が蒸発した。樹を倒すように、どうっとノックスの巨軀が道化帽子に覆い被さった。発砲を終えたばかりのO・ドクが銃を下ろすのとB・ドクが自身の絶叫を聞くのとが同時だった。

Ⅷ

B・ドクは自分が一階の客用ベッドに寝かされているのに気づいた。既に日は落ち、辺りは真っ暗だった。喉が灼け付くように痛い。

「起きたのか」父の声が暗がりから聞こえた。「もう丸二日眠り続けていたんだぞ」父がランプに火を灯したので柔らかい光が闇を押し広げた。O・ドクの顔はやつれ、無精髭が伸びていた。目は腫れ、唇の端が破れている。「農園は終わりだ。上は売っ払うつもりだ」

思わずB・ドクは立ち上がった。「僕、頼んでみる！　考え直して下さいって！　だって農業にはとても良い場所だってとうさん云ってたでしょ。それにノックスだって良いって」

「ああ、その通りだ。俺がこの手で仕込んだんだからな。俺はノックスを一丁前の農夫に仕立てることに人生を賭けてきた。俺の親爺も、祖父さんもずっとそうだ。俺はおまえもそう成るものだとばかり思ってた。それが夢だった。立派なノックス使いになったおまえと、おまえが耕作させた黄金に輝く大地を葡萄酒でも酌み交わしながら眺めたかった」

「できるよ、とうさん！　そうしよう！　ここで！　おじいちゃん達が拓いたこの場所で！」

Ｏ・ドクは首を振った。「無理だ。売りは決まってしまった。それに、もし売れ残ったとしても俺達は……もう、ここには居られない。ファザーは今回の事件の責任は全て俺にあると云っている。だから馘首なのさ」

Ｂ・ドクは言葉に詰まった。

「ノックスは特殊な病を持ってるんだ。奴らは実は凄い力を持っていて、それを封じる為に目をあんな風に閉じちまってる。奴らは人を操り、時には破壊する、それも瞬く間にな。幾ら躾けても突然、暴走を始めるんだ。それで滅茶苦茶になって廃業した奴らを俺は何人も知ってる。その暴走を俺達は病と呼んでる。普通の病気と違うのはウィルスや菌が原因ではないということさ。〈怒り〉なんだよ。ノックスの病を産むのは。だから俺はできるだけ奴らと巧くやってきた。それは親爺も祖父さんも同じだ。〈汝、自らが忌避すべきことをノックスに為すべからず〉これがうちの家訓だ。だがファザーの意見はこうだ。俺がノックスを管理せず、甘やかしすぎた御陰で悪い影響が全員に広まってしまった。つまり俺が病を、のほほんと広めたって事だ」

「そんなの嘘だよ！　ノックス達は悪くない、あの変な男の人がノックスの子供を使って酷いことをするから親のノックスが怒ったんだ！　それにモルは僕を助けてくれたんだよ！」

父は何も云わず息子の顔を見つめ、少し微笑んだ。「俺は唄までしか聴いたことがなかった……おまえは話もできるんだな。羨ましい」

B・ドクは唇を嚙み締めた。

「思うにあれが俺の人生最良の時だった。とても美しい声だった。しかし、やがて消えた。今ではそれがどんな声だったのか思い出すこともできん。ただ美しかったという記憶だけ」

「とうさん！　僕、ファザーに直接、お話しさせてもらえないかな？　そしたらきっと……」

「刑務所に入ることになる。下手をすれば一生、そこで暮らすことになる。おまえは労働者学校にすら行かせて貰えず、博物館並みに古い教科書を使って俺が教えていたからな。わからなくても仕方がない。彼らは帝国人種だ。つまり、皇帝って意味だ。先の大戦での政治家や軍功のあった奴らの末裔よ。尤も銭で爵位を買った奴らも交じってるらしいが。俺達はレイヴァー、つまり働き蜂だ。奴らとは格が違う。同じ罪を犯してもツァーリーと俺達とじゃ尻叩きと銃殺ぐらいの差がある。だから、おまえがファザーに何かを云いに行くなんてのは狂気の沙汰なのさ。そしてノックスは俺達の下の下の下だ。それがファザーの小倅に怪我を負わせてしまった。ノックスは処分され、その責任は全部、俺になすりつけられる。何処にでもある話だ」

「ひどいよ、そんなの……」

「……何故、こんな世の中になってしまったんだ。昔は人間が人間らしく暮らせていたらしい。努力すれば自分の力でなりたいものになれた……それが今はできないどころか……望むことすら罪になる。一体どこから狂っちまって、何が間違っていたんだ。どの時点なら停められて修正できたんだ、畜生……」

「僕、どこにも行きたくないよ」

「そうだな。いつ出て行くか……それを考えるのも明日だ。さあ、こいつを飲みな。気分が落ち着いてぐっすり眠れる。元気になれば良い考えも浮かんでくる」

O・ドクはそう云って温かいミルクを息子に与えた。それは今迄、飲んだどのミルクよりも甘やかでコクがあり、あまりのおいしさに忽ち、B・ドクは眠りに落ちていった。

Ⅸ

翌日、まだ陽が昇りきらないうちにB・ドクはノックスの小屋に向かった。彼の顔を覚えていた年老いたノックスがアノアの所へと案内し、彼女は彼を見ると泪をぽろぽろと零した。が、肝心の声は、ちっとも頭の中に聴こえてはこなかった。

『モルの死がよほどショックだったんじゃ……声が出せんようになってしまった』

アノアは口を開き、頻（しき）りに何か唄っている素振りを見せたが、もはやB・ドクには何も聴こえなかった。アノアは自分の声が届いていないことを悟り、また泪を零した。

「大丈夫だよ。きっとまた唄える。僕が治してあげる」

それから、ふたりは抱き合ったまま、またうとうととしてしまった。どれくらい時間が過ぎたろう……大きな悲鳴と銃声にふたりは目を覚ました。小屋を飛び出たB・ドクの目に何頭もの馬に乗った男達がノックスを追いかけ、次々と撃ち殺す光景が飛び込んできた。

「やめろ！」

すると馬に乗った道化帽子が現れ、子を抱えたノックスを笑いながら撃ち殺した。

「よお、あの役立たずの餓鬼か。怪我したくなかったら馬糞臭いおまえの小屋に帰れ！」

「なんでこんなことをするんだ！」

「単なる害虫駆除さ。こいつら全て殺処分よ。一頭一頭心を込めて殺させて戴きますよ」

と、仲間が次々と虐殺される姿を見たアノアが戸口で棒立ちになった。

「おっ！　良い革が取れそうな、若い牝。見っけ」道化帽子が銃を向けた瞬間、B・ドクはその足に齧り付いた。その勢いで鐙を外した男は馬の反対側に落ち、銃声が響いた。見ると暴発した銃を落とした男が大きく開いた腹の穴から出た臓物を物珍しげに眺めていた。

「へえ……ノックスと同じか」道化帽子は血を吐き、目を開けたまま動かなくなった。

「B!!」愕然としている彼の耳に父の声が飛び込んで来た。馬上のO・ドクは道化帽子を見て顔を強ばらせた。「こ、これは……」

「アノアを撃とうとしたんだ。それで飛びついたら向こう側に落ちて……それで……」

すると別の男がB・ドクと倒れている道化帽子を見て笛を吹いた。「ぼっちゃまが！　牧童に殺られたぞ！　人殺しだ！」

と、O・ドクがその男を撃ち殺した。「急げ！」O・ドクは息子を担ぎ上げた。

「アノアも！」O・ドクが小屋の入り口に立つアノアも引き上げ、狙い定めた銃で周囲にある三カ所の燃料タンクを撃ち抜くと轟音と共に火柱が上がり、火の付いた燃料が燃える滝となって畑に降り注いだ。忽ちのうちに周囲の麦が爆発的に紅く染まり始める。

「しっかり摑まってろ！　カッ飛ばすぞ！」父の星形の拍車に腹を蹴られると馬は燃える平原を切り裂くように疾駆した。

「アノア！　仲間をファザー邸の裏手に集めろ！」B・ドクは背中にしがみついているアノアが頷くのを感じた。到着すると既に邸の裏庭には生き残りのノックス達が二十頭ほど集まっていた。彼らはO・ドクからファザーの居室の位置を説明されると散って行った。

アノアは行かなかった。彼女はB・ドクの手を握ったまま仲間の背中を見送っていた。

「僕達は一緒なんだ」

B・ドクの言葉に父は頷いた。「よし。俺達は正面からだ」

邸内はシーンとしていて、いつもはいる筈の使用人の姿が消えていた。二階のホールを通り、有名絵画に挟まれた宮殿のような廊下を進む。そして三階の端に来た時、父が〈静かに……〉と唇に指を当てた。大きな扉が音も無く滑らかに開くと、聞き覚えのないクラシックが聞こえてきた。正面には天井まである大きな窓、そしてその前に書斎用の大机があった。飾りの付いた高い椅子の背がこちらに向けられていて座っている人間の姿は見えない。ただ白い煙が向こうから立ち上っていた。父が音をさせてドアを閉めると椅子が回り、こちらを向いた——農園主、その人だった。

「忘れ物か？」何処かざらざらした声にB・ドクは錆びた蝶番を思い浮かべた。

ファザーは机の上にあった把手の付いたベルを揺らした。チリンチリンと乾いて澄んだ音が響いた。ベルは必要以上に鳴らされ、置かれた。「何の用だ？　誰の許可を得て穢らわしいノックスを連れ、儂（わし）の前に立っている」

「許可は取りましたよ。自分自身の心にね」

「なに？　貴様、自分の分際（ぶんざい）を忘れたのか？　それとも狂ったか？」

　O・ドクは頷いた。「ええ。確かにね。狂ってましたよ。今迄はね。だがやっと正気になれた。息子とこの小さなノックスの御陰で」

　ファザーはまたベルを振った。

「誰も来ませんよ。内心、あんたらツァーリーのやり方には、みんなうんざりしてるんだ」

「農奴も管理できなくなった役立たずが自暴自棄（ヤケクソ）になって革命の闘士にでもなるのか？」

「正直、手も足も出ないと思ってた。なにせあんたらは法律が味方だからな。その法を創ったのもあんたらだ。手前勝手なものを拵（こしら）えては自分たちのお仲間だけは特別扱い」

「何が云いたい」

　O・ドクは銃を向けた。「つまりこういうことさ。あんたらに対抗するには暴力しかないんだ、時間も金もあんたらの味方だ。だから俺達にはテロることしかできない」

「殺すのか……今更、儂が死を恐れると思っているのか。莫迦め。儂はもう世の中でしたいことは全てし尽くした」

「だろうね。だから殺しゃしない」

　ファザーの顔に動揺が走った。アノアが扉を開けるとノックス達が部屋を埋め尽くすほど入ってきた。O・ドクはカーテンを閉めさせると机のランプを点け、ファザーを部屋の中央に引きず

。6。

り出した。ランプと隙間から入る僅かな光で部屋は朧に霞んで見えた。

「あんたはこれからも永遠に生きるんだ。たった独り。奈落の底でな」

「なに?」床にへたり込んでいるファザーの前にアノアが近づくと整えるように前髪を撫で上げた。ファザーの額は汗で濡れ、指先が震えていた。

「俺達はこっちだ」父が息子の手を引き、ファザーの周囲を囲むノックスの輪から下がった。

B・ドクからはノックスの背と中央に居るアノアとファザーしか見えない。

「やめてくれ……頼む……」ファザーがそう懇願した瞬間、アノアの閉じられていた瞼が引き上げられ、巨大な目が真っ正面からファザーを見た。そして、それを合図に部屋中のノックスが中央の人間を凝視した——ありったけの憤怒と憎悪を込めて。

「うぎゃああ」とてつもない悲鳴がファザーの口から上がり、それは息が続く限り続いた。

「ファザーはこれで魂の煉獄に落ちた。ノックスの最大の武器は敵の感覚遮断と体感時間を変化させることだ。これで現実の一秒はファザーにとって一年になった。肉体が滅ぶまでの間、奴は全身の感覚が遮断された暗黒の世界をたった独りで過ごすことになる」

O・ドクは邸の地下壕に息子とアノアを連れ出した。そこには新型の宇宙船が格納されていた。

父は運転席でそれらを調整すると戻ってきて一枚の紙片を息子に握らせた。

「いいか。おまえ達は地球へ行け。俺の闘士仲間の連絡先だ」

「とうさんは」

「ノックス達を見捨ててはおけん。俺には家族同然だ」

その言葉にＢ・ドクは泪をぽろぽろと零した。

「大丈夫……おまえならやれる。仲間はノックスの解放を目指しているんだ。おまえも立派に戦ってこい。それまでに俺はこの星を金色に輝く麦畑で覆い尽くしておく」Ｏ・ドクは息子の頭を、髪を掻き回すようにして撫でた。「まだ声は……聴こえないのか？」

「うん。でも、きっと僕がいつかアノアを治して、また聴こえるようにする」

息子の言葉に父は満足げに頷き、ふたりを船に乗せた。「ホームまでは寝て三日だ」運転席に座ったＢ・ドクは船が傾くと格納庫の蓋（ふた）が開き、天空が真正面に迫るのを感じた。発射準備が完了するとカウントダウンが始まった。アノアが握る手に力が込められた。

『また逢おう！　ベイビー・ドク』父の声がモニターから聞こえてきた。

「とうさん！　必ず逢おう！　必ず戻ってくる！」

『おまえは俺の誇りだ！』５・４・３・２・１……。猛烈な重力で肺が潰れそうになり、Ｂ・ドクは父に最後の言葉を伝えることが出来なかった——Ｏ・ドクは僕のヒーローだ！

X

「２０９９のＢ（ブレイン）の模造記憶、再生ノイズが酷いっす」納骨堂の管理人エムが云った。

「ああ、これか。これは仕方ないんだ。もう二百年は経ってるからな」別の管理人が呟く。

「よくそんなに生かしておくものだなあ。軀はもうとっくに無いんでしょう」

「当たり前だ。この２０９９Ｂは、ノックスの管理を解雇された男が悲観して無理心中を謀(はか)った息子の脳さ。父親は死んでしまい、息子は助かったが植物状態だ。殺す訳にもいかない、かといってタダで無産化した労働階級の人間を生かす意味もない。だから農場主が軀をノックス培養の苗床(なえどこ)に売り払い、その金で脳味噌(のうみそ)だけ自己溶融するまで、墓(ここ)で管理することになったのさ。だからノイズがあっても関係ないのさ。適当に作った模造記憶で楽しませられれば良いんだ。本人からクレームが来りゃ別だがね、へへ」

「保存だけなら、ただ栄養素を繋げておけば良いんじゃないんですか？」

「それだと法的に問題があるのさ。動物と同じだとね。〈アミューズは人間だけが享受できる権利であり、証明である〉ってのが人権宣言に追加されてるだろ。まあ人権なんてのは、お化けと一緒の世の中だが、それでもお題目は必要なのさ」

「記憶の製造者はＬ・アノアってなってますね。別れた母親です。昔の童話作家だ、これ」

「ふうん。おまえ、本なんか読むのか？　気を付けろよ。下手すると辺境に飛ばされるぞ」

「脅かさないでくださいよ。ずっと昔に何冊か読んだだけですから。本なんてもう……」

そう云うとふたりの男は納骨堂から出て行った。棚には埃に覆われ、すっかり中が見えなくなった水槽が並び、そのなかに２０９９Ｂもあった。室内の照明が自動的にゆっくりと消えていく。完全な闇となる刹那(せつな)、小ぶりな脳が微(かす)かに揺れた。

幻画の女

◎流砂――

1

「兄貴ぃ。なんで組長はこがぁな、つまりもせん使いを兄貴にさせよるがでしょうか」

光夫(みつお)は繁華街の街灯も淋(さび)しげな路地裏で、前を行く鰹節(かつおぶし)のような細身の影に遅れまいと駆け足になった。

「のぉ。兄貴ぃ。なんでですかいのぉ。のぉ」

すると影の歩調が緩(ゆる)み、振り返った。

「われは、ごそごそ五月蠅(うるさ)いのぉ。黙って付いてこれんのんなら、どこぞの店でトグロ巻いとけや」

軀(からだ)同様、頬も削(そ)げた三十路(みそじ)の男が眉を顰(ひそ)めた。その下の眼光は闇の中でも鋭い。

それを見た光夫は青醒め、軽く厭厭をするように首を振った。

「スンマセン。わし、頭悪いけ。スンマセン」

光夫はぺこぺこ必死になって頭を下げた。

「まあ、ええ。われにもちぃとは説明したるわい」久戯壮三は薄っぺらの背広のポケットから煙草を取り出すと自身が咥え、光夫にも差し出した。

「戴きます」

ライターの火を光夫に差し出しながら壮三は一服付けると、しかめ面のまま口を開いた。

「こんなは上から何を聞いたか知らんがの。これは単なる使いっ走りじゃありゃせんのよ。われはハンザキの朝男を知っとろうがよお」

「ええ。兄貴の御兄弟分でいらっしゃいます」

「あれがよ。高砂組の奴らに捕もうとるんよ」

「え！　ほんまですか」

「ああ。われは半年前、広崎町の中古車屋の社長が飛んだのを憶えとるろう。おやじは、あの禿から会社を丸ごとトイチの形に奪うてよ。会社の倉庫を朝男に任せてシノギをさせとったんじゃ」

「ほう、そうですか」

「最初はノミ屋やったんじゃが、朝男の奴、伸び足が思った以上に良かったんでよ。気を強ようしよってから旦那衆を集めて賭場を開きよったんじゃ、あのドアホ」

「はあ、それがあかんのですか」

「アホ！　倉庫があるのは、川向こうの与根町じゃ。高砂のシマ内やないけ」

壮三の言葉に光夫は夜目にも明らかに顔色を変えた。煙草を持つ手が小さく震えている。

「ノミ屋で細こうシコシコやっとったら高砂にばれても話の落としどころもあろうによ。シマの外からやってきた連中に黙って賭場を開かれたんじゃメンツが立たんじゃない。下手うちゃ一触即発、即戦争よ。じゃけん、おやじはわしに泣きついてきたんじゃ。わしは高砂の親分の兄弟分である成田組長に昔、世話になったことがあるでよう。わしが間に入って倉庫の権利を相手に渡す代わりに朝男を連れて帰る絵図なんじゃ」

「倉庫を肩代わりに……組長、太っ腹じゃあ」

「あほんだら！　わしが言うたんじゃ！　それぐらいの落とし前をつけんと、火の粉は治まりませんけぇ言うてよぉ。あの狸親父が一旦、握ったモンを簡単に離すかよぉ」

「ほんまじゃ。うちの組長は便所紙も渋りますけん。ダブルやない！　シングルにせぇ言うて……もう、セコうてセコうて」

2

倉庫前には黒塗りの車が何台も駐まっていた。なかからは灯りが漏れ、時折、笑い声がした。

「なんじゃろう？　えらい賑やかですのぉ」

窓を見上げた光夫が呟く。壮三は無言で脇の鉄製階段を上り始め、二階の事務所へと向かった。寒い夜空にかつんかつんかつんと乾いた音が響く。

「山森の久戯じゃ、用があってきたがよぉ」

壮三がサッシのドアを叩くと用心棒代わりの組員が小窓を開き、ふたりの姿を確認してからドアを開いた。

二階は煙草と熱気で煙っていた。

畳を建て回した奥に喧噪の中心があるのを壮三は一瞬で見て取った。そして我が目を疑った。白い晒を巻いた盆板の左右に分かれ旦那衆が手本引きの札を張っている奥で、捕まっているはずの朝男が黒のソフト帽に背広を羽織った格好で胡座をかき、上機嫌で笑っているのである。

「おお！　兄弟。まっとったんでぇ」

欠け茶碗に一升瓶の酒を注いで口を付けていた朝男が壮三を見つけると破顔一笑、手招きした。

「朝男……この始末はなんなら？」

「なにをよ？　賭場じゃない。みなさん、喜んでくれちょるじゃないの」

「アホ！　わりゃ、なにを考えとるなら。今にも高砂がおどれの首ぃ取りに来るんど！」

「おう、来るなら来たらええじゃない。返り討ちにしちゃるけん。のう？」朝男の言葉に後ろに設けたちびた帳場を取り仕切っている若衆ふたりが声を上げて笑う。

こうしているやりとりの間にも博打は続けられており、「勝負！」という強力の掛け声の後、勝った負けたの客の声が続いている。

「のう。朝男、今ならまだ間に合う。旦那衆には迷惑料じゃ言うてなんぼか握らせ、機嫌よう帰ってもろうたらええじゃない。大人しく莫蓙（ござ）巻けや」

「わからんのぅ。なんで自分のショバでのシノギに遠慮せなならんのよ。壮ちゃん、わしゃのう、親父から此処（ここ）を任されとんのでぇ。——朝男、男ん成れ言うてよ。此処をえっと太いシノギにしたら、わしの貫目（かんめ）も上げてくれるいう約束なんじゃけぇ。ひゃひゃ」

「こん馬鹿たれが！　シノギじゃ何じゃ言うてよ。おんどれのガラかわし切れんようになったら、どうするんじゃい。今にも高砂が来るんど！」

「なにをそがぁにビビりよるんよ、兄弟」

「親父が連れ帰れ言うとんのじゃ」

すると朝男の顔色が変わった。やっと事態を理解したように壮三には思えた。

「そうよ。こんなにショバ預けたおやっさんが、わしに朝男を連れて帰れ仰（おつしや）るんぞ」

いつの間にか賭場が静まり返っていた。客が不安そうな面持ちで、壮三と朝男のやりとりに耳を傾けていた。

「なあ、朝ちゃん。こんなのしとることはシマ荒らしじゃ。博徒（ばくと）渡世の仁義に反しとるんで」

すると朝男が突然、ニヤニヤし始めた。

「やれんのぅ、壮ちゃん」

「なんがいね」

○ 7 ○

「博徒じゃ、侠客じゃいうての。親父は駅前やら北町やらの旅館やソープで何をしとるの？　パンパンでしょ、淫売じゃないの？　謂わば、われらはオメコの汁で飯喰うとるんじゃない」

「朝男……」

「壮ちゃん、壮ちゃんは何で極道になったのよ。好きなモン買うて、旨いモン喰うて、マブいスケ抱くためじゃないの。仁義じゃ、しきたりじゃ言うてそがいなモンで腹が膨らむんか、魔羅が落ち着くかよぉ」

「ほうか……。そしたらこんなは親の指図に刃向かう言うんかよ」

「なんじゃとわりゃ！」

朝男は突然、立ち上がり、壮三と睨み合う形になった。

「ほう。ようやっとマジな顔つきになったのぅ」

「妙なアヤつけやがって、わしはいつでもおどれにも山森にも盃返したるんど……」

「五厘下がりの盃にしては大物たれようるのぉ」

突然、入口で、わあっと野太い声が上がった瞬間にパンッパンッと乾いた音が響いた。

「光夫！」

壮三がドアの辺りで腹を押さえ転げ回っている仲間に声をかけた。が、既に侵入してきた男達の銃口が自分にがっちり向けられているのを見て、足を停めた。

振り返れば朝男も色を無くし、両手を挙げている。

「ほたえなや、のぅ」男達の奥から高砂組若頭、枝光三樹男がのっそりと姿を現した。「客人はおまえらがしっかりと御送りしろ」

枝光の命令に「へぇ」と声が上がり、数人が賭場の客を手早く誘導し始めた。

「おう、豆泥棒でのしゃ上がった成金の盆屋は愛想がないのう」

「若頭。わしゃあ、親父から詫び入れてこい言うて頼まれました……」

「ほう。山森がのぉ」

「へえ。これは此処の土地と建物の権利書ですけぇ」

枝光は壮三が差し出した封書を確認すると背後の子分に手渡した。

「こがいな、ションベンかすりじゃ、たらんのお」

枝光の言葉に壮三のこめかみに血管が浮き上がった。

「なら、どないせぇ、言うんでしょうか」

枝光が顎をしゃくると子分が壮三と朝男を事務所の奥へと連れて行き、そこで手足を縛り、転がした。

「壮三、こんなもマンの悪い奴よ。わしは密かにこんなに目ぇ掛けておったによぉ。山森の狸になついたんが運の尽きやったのぉ。死に水は取ったるさけぇ。往生せえ」

枝光はそう言うと出て行った。

「高砂の糞ったれぇ。ぶち殺しちゃるけんのぉ！」

壮三は背後で同じように転がされながら叫ぶ朝男の声を虚しく聴いていた。

3

「壮三、あの若い衆、逝(い)によったど」

　賭場のあった倉庫から高砂組の持ち分である埠頭(ふとう)脇の倉庫に朝男ともども移された壮三は、枝光から光夫の死を報(しら)された。

「そうですか。あれも阿呆(あほう)な兄貴をもって不憫(ふびん)な奴ですけぇ」

「さとはどこじゃい」

「五島(ごとう)列島のどこかじゃ言うとりました。おふくろが長崎のピカにおうた言うとったですけぇ」

「手打ちが済んだら、こっからも香典送っておくさけえ」

「すまんです」

「おまんも、墓は詣でちゃるけん」

「気にせんでつかいや」

　枝光が出て行くと朝男が囁(ささや)いた。

「こんなは、時に高杉純子(たかすぎじゅんこ)いう女を知っとろうが」

「なんなら、こげな時に」

「いまはどうしよるかいのぉ」

「やめえや」

「高砂の奴らがその純子を掠(さら)ういう話を聞いたけん」

「なんじゃと」

「わしもよ、ダマテンで盆を開くんでぇ、身内のモンに少し探りを入れさせたのよ。そんなかで出てきた話じゃけぇ。どこまでほんまかは知らんがのぅ。高杉の純子いうたら、兄弟の昔のバシタじゃった気ぃがしてのぅ」

壮三は純子の愁(うれ)いを帯びた大きな瞳を思い出していた。当時、壮三も売り出し中で散々苦労を掛けたものだった。既に別れて三年にもなるが、純子との半年足らずの日々は彼の人生のなかで唯一、人並みの温(ぬく)もりを感じることのできた毎日だった。

「あれはもう故郷(くに)に片付いた堅気(かたぎ)じゃけぇ。渡世に用はないはずよ」

「ほうか。ほんならええが。なんでも高砂が背中にえらい立派なキズの入った女じゃから、どがいな手をつこうても手に入れる言うて組員の尻かいとるらしいで」

「なんじゃと、あの腐れ外道(げどう)が」

「まあ、落ち着きないや。噂(うわさ)がガセじゃろうがほんまじゃろうが一発、連絡を入れいたが女を救うことにはならせんかいのぉ。こんなもわしもこれで今生(こんじょう)は終(しま)いかもしれんでの」

「連絡もなにも、どないせい言うんじゃ」

「あっこに立ち番しよるんが見えるかよ」朝男がふたりを転がした脇に立っている若衆を見た。

「あれはわしが盃した舎弟の悪ガキ時代の名残(なご)りよ。こがあなこともあるかと鼻薬嗅がせといたんじゃ。逃がす放す言うたらビビリよろうがよ。伝言ぐらいはやりよるじゃろ。おい」

朝男がそっと声を出すと若衆が周囲を見廻しながら近づいてきた。

「なんですろ」

「われ、わしの兄弟の伝言をスケに伝ええや」

「え？　わしがですか」

「大きな声出すないや、ボンクラが」

「すんません」

「のう、兄弟。遠慮のうやらんと、次はないきに」

壮三は朝男を一瞥し、腹を決めると簡潔に純子への伝言を口にした。

「名古屋の公営団地に腹違いの娘のようにあれが育てた妹がおる。ミツエ言うんじゃ。居場所を知っとろう」

若衆は朝男から「いけ」と短く命じられると顔を見せた他の者に「小便がでるさけ」と声を掛けながら視界から消えた。

「明日の御天道様は見られるんかいのぉ」

朝男が呟いた。


思えば純子は不思議な女だった。

どこから見ても良家の子女に見える顔立ちだが、芯はそこらの男が束になっても敵わないほど強く、度胸が据わっていた。妹が幼い頃、台所でふざけたことがあったという。純子は海老の天ぷらを揚げていたのだが、流しに妹がぶつかった際、油の煮えたぎった鉄鍋が彼女に向かってまともに倒れたのだという。純子はとっさにそれを両手で掴むと共同便所に運び、中身を空けた。ひと言も悲鳴を上げなかったが、両手は濡れ手に花鰹の着いた如く、全ての皮が弾け肉が赤く露出していたという。

また純子は決して裸を見せようとはしなかった。壮三が訳を訊くと、当代一の〈殺し彫り〉名人と言われた純子の父が彼女の軀に墨を入れたのだという。

純子、まだ齢十六の春であった。

「父はその頃にはもうすっかり気がおかしくなっていたの。酒と薬と生活のすさみで……。何か知らないけれど毎日毎日、殺してやる殺してやるって冥い目をして呟いて、ある日突然、わたしたち姉妹を殺して自分も死ぬと言い出したのね。本気だったみたいでわたしは何度も妹を連れて逃げ出したわ。でも、このままでは絶対にいつかは殺されてしまうと思って、わたしは父にどうすれば殺さずにおいてくれるのかを訊ねたの。そしたら〈俺は一生に一度、この身に巣喰った恨み辛み、呪い、怨念の全ての丈をぶち込んだ刺青を彫りたい。おまえがさせるんなら、俺はもうおまえたちを殺しはしない〉って言ったのよ。だから、私は自分に入れて貰うことにしたの」

純子の父は娘に恨み辛みのありったけを込めた墨を施すと間もなく死んだ。

「あっけなかった。パチンコ屋に出かけようとしてサンダルを玄関でひょいと揃えた途端に頭の血管が切れてしまって、わたしも妹も学校だったから夕方までそのまま」

壮三は何度か純子を明るいところで抱こうとしたが、彼女は決してそれを許さなかった。遂に

○76

堪忍袋の緒を切らした壮三が「惚れた男に身を晒せんようなスケは要らん！　去ね！」と怒鳴りつけると純子ははらはら涙を零し、「見せたくても見せられないのだ」と告げた。

理由を訊くと彼女の刺青を見た者は皆〈気が触れてしまう〉のだという。

「それでも良い」と壮三は裸を見せろと命じた。純子は全てを諦めきった表情になると彼の前で一糸まとわぬ姿になり、背中を見せた。それは今まで壮三が目にした刺青のどれにも似つかない美しく不気味で謎めいたものだった。図柄は観音、唐獅子牡丹、般若などと気っ風を着たものが普通であるのに、純子の刺青にはまとまった形が無く、単に細かな線によってのみ構成されており、それらが見ようによっては川のように流れて見えたり、また砂のように盛り上がって見えたりするのである。また暫く見つめているとそれらの線が時折、キラキラと光り、まるで光る砂を掻き混ぜた曼荼羅が復元する途中に立ち会っているかのような気がし、強烈な亡失感に囚われた。

「大丈夫!?」壮三の様子を窺っていた純子は服を羽織ると大声で叫んだ。

「ああ」壮三はそう答えるのが精一杯であった。総身に水を浴びたように汗を掻いていた。

ふたりが別れたのはそれから、程なくしてであった。

壮三と朝男はそのまま倉庫に五日間、閉じこめられた。

朝男は時折、金の出所や隠し場所、客筋などを取り調べられるため四、五時間、引っ立てられていった。壮三はひがな一日を寝込んで過ごした。

そして六日目、ふたりはまた車に乗せられ、高砂組長の屋敷に運び込まれた。

「いよいよ、じゃのう。結局、親父は何の手も打てんかったようじゃの」

壮三の言葉に朝男は無言で頷いた。顔が僅かに緊張で強ばっているのを壮三は見て取った。

やがて車は屋敷の門を潜り、正面玄関の車廻しへと滑り込んだ。

4

「壮三、こんなに恨みはないがよ。これも渡世のアヤじゃと諦めい」桜井組内高砂組、組長高砂千鬼は広間に引き連れだした壮三と朝男の前でそう宣言した。「もう往生際の悪いことはせんじゃろう、縄外したれ」

壮三は締め付けで固まりきった肉を解すように躯を捻り、肩を動かした後、高砂に軽く頭を下げた。

「悪いのはこちらですけぇ、どうぞ煮るなと焼くなとお好きにどうぞ」

「ああ、わかっとる。それにしてもこんなのバシタはしょぼいのぉ」

「なんですか？」壮三の動きが止まった。

「わしはの、イキの良い彫り物に目ぇが無くてよ。うちの人間もそんなのをゴロゴロ集めとるんよ。そんななか風の噂で〈殺し彫り〉の彫辰が残した逸品があると聞いての、わしゃあ、もうそれこそ気が変になってしもうて日本どころか台湾、香港、タイ、中国まで手蔓を伸ばして探したんよ。なんでもそれを背負うちょるんわ、おなごじゃいうしよ。これはもうわしの〈幻の女〉じゃ言うて金に糸目を付けずにやったんじゃ」

高砂に対し、斜に構えていた壮三の軀がいつのまにか正面に直っていた。目には静かな狂気が宿り始めていた。

「どういうことですかいのぉ」

すると隣との仕切りになっていた襖がするすると開いた。そこには盆台に似た薄いマットがあり、そこに緋毛氈を掛けられた裸の女がひとり寝ていた。

「む」

一瞥した壮三が前に出ようとすると、彼と朝男を取り囲む高砂の組員二十人が一斉に身動ぎしてみせた。

「懐かしかろう。純子じゃ」

「なんじゃと?」

その声に女の反対側に向けていた顔がこちらを見た。

相応の歳を重ねてはいたが、紛れもない純子の顔があった。

「じゅん!」

すると寝惚けたような女の顔にポッと赤味が差し、唇が動き、微笑んだ形で停まった。

〈そうちゃん〉……と弓形の唇は動いて見えた。

「のかんかい」

壮三は組員を掻き分けると純子のもとに駆け寄った。

「じゅん、こんな、どうしたんならぁ」

彼女を抱きかかえた壮三の問いかけに純子は目を向けたが依然として曖昧な笑みが貼り付いたままである。壮三との再会を夢の中で経験しているような頼りなさが、その面にはあった。

「そうちゃん……。わたし、嬉しいよ」

純子はそう言うと壮三の背広のボタンに触れようと腕を伸ばした。壮三がその腕を摑んだ。

「親分……。これは何ですかの」

純子の肘の内側にある醜い射痕を一瞥すると壮三は真っ赤になった。

「純子は渡世からは足を洗ったおなごじゃ。謂わば、堅気よ、堅気に手ぇ出すとは、おどれは外道じゃ」

無表情のまま突っ立っている高砂に詰め寄ろうとした壮三は背中に硬いものが突き付けられるのを感じた。

「だからよぉ、こんなは古いんじゃ。堅気じゃ、渡世人じゃの区別が今の世にあろうかよ。世の中の奴ら、どいつもこいつも自分ばかりが良ければ良いんじゃないの？　自分さえ旨いモン喰うて、好き勝手ができればええと思ってる奴らばかりじゃない。わしらと何の違いがあるんよ。もうこんたら腐れの世の中に堅気も極道もありゃせんのよ」

朝男が手にした拳銃で壮三に座るように促した。

「この腐れ外道が……。イモ引きくさりよって」

○ 8 ○

壮三が睨む。

「おうおう。それは違うんで。この絵図を最初っから引いたのはわしよ。親分さんの話を聞いてこんなのことを思い出してよ。それでわしが絵図を描き、こんながうまいこと場面を作ってくれたのよ」

「朝男は山森に盃を返し、わしと直したいと言うんじゃ」

「わりゃ、タコの糞頭にのぼりゃがって！」

「兄弟、こんなも身に染みとろうが。阿呆な親の風下ではなんぼ軀張っても張り甲斐なんぞいっこもありゃせんので。山森の腐れの下におってみぃ。百年経っても握りキンタマでぇ。わしゃあ、そがいな命の無駄はしたくないきに。高砂の親分さんに拾って貰うことにしたんよ。純子はその土産じゃき。こんながよう、ええ手引きしてくれたおかげでえろう簡単に手に入ったわい」

「なんじゃとこりゃあ！」壮三が朝男に組み付いた途端、引き金が引かれ、壮三は畳の上に転がった。

銃弾は足の甲を貫いていた。

「わりゃ、そがあなレンコン使わにゃ、わしが殺れんかよ、こんド腐れが！」

「兄弟盃は今の分でチャラや。心臓やなくて足で勘弁したったんじゃさけえのぉ、ひゃひゃ」

壮三は脂汗を掻きながらも無様な真似だけはすまいと覚悟を決めた。自分は今日、此の場で死ぬ。それだけは確かだった。だが、純子は自分のミスでこんな目に遭わせてしまった。なんとか助け出したかった。

「朝男、まだわれの貫目が上がったわけではないぞ」

　高砂の声が響いた。

「おやぶん……」

「この女、確かに背中の総彫りは見事だが、わしが探している墨に比べれば凡庸。わざわざ銭手間掛けるほどのものではないわい。おまけに大人しくさせるためにポンも仰山使わされたしのぉ」

「で、でも、親っさん、ほんまなんですけぇ。このおなごは彫辰、一世一代の墨を背負ってるんですけぇ」

「見込み違いじゃったかもしれんのぅ……」

　不意に壮三の血まみれの足先を純子が手を伸ばして触れた。その拍子に背中を覆っていた緋毛氈が外れ、裸の背中、〈殺し彫り〉の総身が露わになった。

　純子は壮三の血を指先で掬っては自らの唇に運び入れていた。

「じゅん、こんな、なにをしとんなら」

「そうちゃん、一緒にいて。うち、えっと哀しかったんやけぇ。もう放さんといてぇ」

　ポンの影響か、妙に子供じみた物言いに変わってしまった純子は涙をぽろぽろと零しながら、壮三の足を両手で労るように包んだ。

　その瞬間、座っている壮三から純子の背中の文様がぽんぽんと弾けたように思えた。

「あっ」と初めに声を上げたのは高砂の弾避けに陣取っていた若衆のふたりだった。見るともなしに純子の背中に目を向けていた彼らが突然、ううっと呻いて頭を押さえると膝をついた。その後も次々と頭を押さえたり、ふらふらと純子に近づいては背中の墨を食い入るように見つめるものが続出した。

高砂もそのうちのひとりだった。

「うりゃあ！」突然、高砂は隣室の床の間にあった架台から、真剣を摑み取ると傍にいる人間をめったやたらと斬殺し始めた。と、それを皮切りにあちこちで殺し合いの同士討ちが始まった。

大広間はあっという間に血に染まり、朝男もドスで腹を抉られ、相手の首筋を拳銃で弾いていた。

照明が銃弾で消され、灯りは壁の裾に設置されている間接照明だけとなった。薄暗闇が部屋を覆う。

そのなか、今や純子の彫り物は生き物のように目まぐるしく蠢き、その様は正にあらゆる金粉銀粉、その他、墨の色の全てを鈍色に光らせては逆巻く急流のようになっていた。

壮三は自身の内側にも〈破裂したい〉〈滅びたい〉という不穏な感情が強く持ち上がってくるのを抑えるのに必死となっていた。

「おどりゃ往生せい！」

突然、ばっくり裂けた腹の傷口から溢れる血を押さえていた朝男が拳銃を壮三に向けると引き金を絞った。

壮三は押し倒され、純子が咄嗟に自分を庇ったのを知った。

「じゅん！」

尚も朝男は銃弾を純子ごと壮三に向かって撃ち鳴らし、「この腐れアマ」と足蹴にしようとした。

「朝男！　おんどりゃ」

純子の軀の下から壮三が喚く。

朝男の蹴りの鈍い衝撃が、どすっと伝わってくるはずであった。

が、それはなかった。

朝男が驚愕の表情で純子の背中を見つめていた。

純子の軀の下から這い出た壮三は愕然とした。

朝男の膝頭の辺りまで純子の墨のなかに潜り込んでいた。スーツで包まれた足回りをきらきら光る墨の急流が移動する。

「な、なんじゃこりゃあ」

朝男が助力を求め部屋を見廻すも壮三以外に立ち上がっている者はいなかった。

「あ、あっ、あっ。ひぃ！」

朝男は刺青のなかに飲み込まれようとしていた。足を抜こうと踏ん張ったおかげで両脚が墨に埋もれていた。藻掻けば藻掻くほど墨は朝男を早く飲み込んだ。

「きょ、きょうだい！　きょうだい！」

既に腰まで墨の中にはまった朝男は両手で畳を支え、純子の軀に引きずり込まれまいとしていた。

壮三は朝男が取り落とした拳銃を拾い上げると弾倉を確認し、元に戻す。

「のう、のう。兄弟、助けてくれ！　こんな地獄みたいなところへ引きずり込まれるのは御免じゃ。のう、のう」

胸元まで沈んだ朝男は両手を合わせて懇願した。

壮三は朝男の額に銃口を突き付けた。

「わしゃあ、死にとうないんじゃあ！」

「朝男、まだ弾は残っとるけぇの」

銃声が響き渡り、血まみれの朝男の軀がぐらりと揺れ、鈍く輝く墨の急流のなかに沈んでいった。

壮三の目の前で朝男を飲んだ墨は次に自身をも飲み込み始めた。全身の墨が背中の中央にするすると吸い込まれると、やがて消え去った。

そこには銃弾の穴の開いた雪のように白い肌の純子が横たわるばかりであった。

「じゅん……許してつかいや」

壮三は物言わぬ純子を抱きかかえると無人のように静まり返った高砂邸を後にした。

天才脚本家・笠原和夫に捧ぐ

餌江。は怪談

餌江。は真面目に働く気のない父親とそんな父親に愛想を尽かして出て行ってしまった母親との間に生まれた子でした。

生活は鍋底を刮ぐが如くに貧しく、父親は飢餓に錯乱すると畳の目を解き〈素麺じゃじゃ〉などと喚き散らし、それらを麺汁に浸けて食べるほどでした。

建物の梁や大黒柱が挫け切って一階が三分の一ほど潰れかけたアパートの二階にふたりは住んでいました。他の住民も隙を見ては他の部屋のものを盗んでいかなくては立ちゆかないほど貧しい人ばかりで、貧しいのに子供ばかりが多い者や貧しいのに子供がいない者などが暮らし、いつも建物のどこかで声を嗄らして互いを罵る声や、何のために生まれてきたのか、また何のために産んだのかという怒号と悲鳴と邪気声が気の触れた割れ鐘の如くけたたましくしているのでした。

そんななかでは比較的まともであった餌江。の父は盗むのではなく、物乞いをして他人から飯粒やそのネタを分けて貰ったりして幸せに暮らしていました。餌江。は小学二年生でしたが躯は幼稚園の年長さんのように細くひねこびっていました。けれども『人間いくら金があっても心が腐っていたら負けなり』という父親の言葉を胸に刻み、酷い嘘や酷い盗みはしないよう、更に更に付け足して云うならば、これまた父の云うように『女は朝ドラのヒロインになってこそ生まれた甲斐があるなり』を胸に、いつか時計代わりに眺めている朝ドラのヒロインになろうと心に決めていたのでした。

餌江。の貧乏っぷりは雲間の太陽のようにクラスメートにも明らかで、またなぜか近くに居ると持ち物が〈神隠し〉に遭うので、皆あまり近づかないようにしていました。

ある日、同じアパートに住むマスオさん一家のタラ坊が〈腹減り〉で死にました。ホーイチというアパート内では凄いと評判の霊能者が貰った銭の分だけ適当に祈禱しましたが、それでも何日も何日も腹減りが続いたので、三つになるタラ坊は〈腹減り〉に飽いてあの世に帰って行ったのだと父は餌江。に云いました。

「おまえもあの世に帰りたいかなり」

父が訊きます。

「あたいはまだいる」

「ほうか。どうしてなり」

「だって、もっともっと飯を食って糞したいから」

「ほうか。もっとしたいなりか」

「うん。あたいは丼億万杯ひり出すんだ」

「ほうか。餌江。の夢はでっけぇなりなあ」

葬式饅頭（まんじゅう）の代わりに貰ったジャンボヨーグルを、てへぺろてへぺろ舐（な）めながらふたりは、それはそれは美しく微笑（ほほえ）みあったのでした。

ある時、餌江。はド多摩（たま）川の畔（ほとり）でジキコの爺さんと出会いました。ジキコの爺さんは初め餌江。のあそこを〈こぴっと〉晒（さら）してくれたら、10円やろうと云ったのですが、餌江。はそれを少女らしくこぴっと断ったのでありました。

その断り面（づら）が〈ヌケる〉と云うことで爺さんはそれからも餌江。を見つけるとつきまとい、そして拾って集めたあんぱんなどを〈買った〉ことにして彼女に与えたのでした。

「爺さん、爺さんは何でこんな暮らしをしているんだ？　子供やかかはおらんのか」

餌江。はところどころ変な味の混じっているあんぱんを我慢しながら食べます。

「かかは逃げてしまったし、子供はおらの顔を見ると殴ってくる」

「殴る？　どうして殴るんだ？　サンドバッグでもあるまいに」

「あれらは性根が腐りきっているからだろ」

「いくら根性が腐りきっておっても、おとうを矢鱈（やたら）と殴るという法はありゃしまいに」

すると爺さんは真っ黒になった爪を、し噛（か）みし噛みし、答えました。

「思うに……顔を踏んだからだな」

「踏んだ？」

「ああ、姉はな。まだあれが首の据わってない頃に酔って床に置いてあったのを踏んでしまった。

○ 9 ○

中身は出なかったが、踏まれた赤ん坊のような顔になった。それをいつまでもいつまでも大事大事に恨みに思っているのだな」

「それは一刻者だな」

「まあ、そうだらな」

「残りも踏んだらか。子供時分に」

「うんにゃ。あれは十八ぐらいからだな。儂を殴るようになったのは」

「大人だな」

「大人だ。大人になってかかが欲しいと云って。おなごを連れてきた。田圃に吐いた唾みたいな顔をした気立ての良い女だと云って。ところがその女は儂を毛嫌いしおってな。こっちは何にもせんのじゃ。ただ風呂場を開けたり、便所を開けたりしただけなのに、それを強く恨みに思うような女でなあ」

「それら開け閉ては中身があってのことだらか」

「ほうよ。中身がなくて、なんの開け閉てか」

「ふうん。変態だな」

「まあ、生き急ぎすぎてただらな」

「で」

「それで女が愛想尽かしおって息子から離れたんだが、それら一切合切が俺のせいだと泣いて泣いて愚痴って愚痴って手も付けられんようになってからよ、あれが酔い潰れたところを見計らい、背中を鋸（のこぎり）で、がっしゅがっしゅ挽（ひ）いてみたんじゃ。そしたら車椅子になりおってからに……。それからよ、あいつが儂を見ると殴るようになったんわ。不幸の元はおまえじゃ！　などと嘯（うそぶ）いての。実の親を殴るように育てた覚えはなかったんじゃがのう〜」

「気の毒じゃのう」

「というわけで、おボボを、こぴっと見せてみんか」

「それは厭（いや）じゃのブラジル」

餌江。はこんな風にしてド多摩川の爺さんのテントに通っていたのです。

ところがある日、爺さんが買ってきたという〈激ウマ！　過敏症牡蠣（カキ）レタスパン〉がいけませんでした。

夕方、餌江。は上から下から大土砂降りとなってしまい。自分の意思とは全く関係なく吐瀉（としゃ）と吐瀉と溢（あふ）れていくので、まるで自分の軀が自分のものではなく何かが入ってはただ通過していくだけの新幹線のトンネルになったかのようでした。父はそんな餌江。がさもさも鬱陶（うっとう）しく、鬱陶しいばかりか憎げにも思えたのでしょう。餌江。が苦しむ横で彼女のリコーダーをぷぃふゃらぷぃふゃら吹くのです。

「おとん、水がほしいのう」

「ほうかほうか。ぷぃふゃらぴー」

「おとん、医者に診せた方が良いかもな」

「ほうかほうか。ぷいふゃらぴー」

自分が畳の上で軀がますます磨り減り、薄くなっていくのに父はリコーダーをぺちゃぺちゃ舐め付けながらお気楽極楽に吹きかましているのが小面憎くてなりません。が、餌江。には拳を振り上げる力も、握る力さえ残っていないのです。しかたなく、これはひとまず死ぬ準備がよかろうと染みだらけの天井を眺めつつ、お題目を唱えていますと、いつの間にか寝入ってしまいました。

ふと目を覚ますと既に深夜になっていたのでしょう。父はリコーダーを手にしたまま茶碗酒をこぼしたまま横倒しになっており、けたたましいはずのアパートもしーんと静まり返っていたので、これは是非とも真夜中に違いあるまいと餌江。は考えたのです。

軀を起こしてみると先ほどまでの悪寒と腹痛、嘔吐感などは雲散霧消しており、それらがちみぢみ軀を刻み尽くしていただけに却って軽やかで飛び上がりたいような気分になっていました。父が他人の部屋から盗んできたという売薬も効果があったのでしょう。餌江。は起き上がると汗だくの菜っ葉服を脱ぎ、体操着を着ました。そして裏返すと色が変わる赤白帽をかぶり、ゴムを顎の下に渡すとズックを突っかけ、外に出たのです。当然、行く先はド多摩川、爺のテントです。自分が如何に苦しんだかを報告せずには完治の収まりがつきません。餌江。は深夜の道をひたひたほとほとと、時折、白い体操着を電信柱の豆電灯に浮かせながら走りました。そして目指すテントにやってきた時、指の覗いた靴下の先が飛び出しているのが見えました。さては、爺も毒牡蠣パンの毒気に当たりしやと小躍りして近づくと、単に爺は拾い酒をカッ喰らって寝ているのみでした。

ああ、忌々(いまいま)しい。白い無精髭(ぶしょうひげ)に囲まれた唇から〈ひゅぅるりぃ、ひゅぅるりらぁ〉と鼾(いびき)をかましている爺の姿は、深夜体操服にブルマでド多摩川の畔に立ち尽くす少女にはあまりにも忌々しすぎたのでしょう。殴りつけることも忘れ、土足のままズカズカ入り込むと何か爺を困らせたい、困らせたくて堪(たま)らぬ堪らぬと金目の物を探すのですが、当たり前のようにテントにあるのは廃品の山。紙テープで補修した壊れ物やら、またはテーブルの脚代わりにされている薬缶(やかん)やら、本来はそういうものではないのに急場しのぎとして使われているガラクタ三昧でした。

餌江。は三度、大きく溜息(ためいき)をつきました。その間も爺は気楽な鼾です。テントのなかにめぼしいものがなかったので餌江。は裏に回ってみました。すると腐(くた)れた屋台が置いてあったのです。周囲が雑草でぼっさぼさのなか、屋台はテントに沿うように置かれ、なにやらそれは、餌江。は知らずとも見る者が見れば夫唱婦随的であると嘆息しても致し方ないような有り様でした。

その夜は天も雲という宿便を残らずコキ去ったような月満(げつまん)が皎々(こうこう)と照り散らかしていました。ふと白っぽく照るボロ屋台を眺めるうち、餌江。にはテントから漏れる鼾が自分を嘲笑(あざわら)っているようでした。

少し水っぽい鼾の高低とともに〈できまいできまい、なにもできまい、餌江。の莫迦(ばか)垂れ。できまいできまい、なにもできまい、餌江。のしんじょっ垂れ〉と聞こえ、いつの間にかそこに父のぷぃふゃらぴーまでが混ざり始めたから堪りません。

餌江。は思わず落ちていた棒を掴(つか)むと屋台のボロびたタイヤやその上にある板張りの桟(さん)などに叩きつけました。すると内側にあった引き出しのひとつががたりと飛び出したのです。空だと思い中を覗くと紙の束が入っていました。摑みだしてみますと、それは束ではなく元はノートであったものが長年の湿気と埃によって全体が、がびがびのごびごびに膨らんだものでした。ページを捲ってみますと中には紙の切り抜きや写真が貼ってあります。いずれも裸の男女が笑ったり、顰めっ面をしながら得体の知れない絡まりをしているもので、変色した紙の中で女はいずれも乳を放り出し、男はそれに取り付いたり、股間のデチ棒を押しつけたりしているのです。

見ているうちに餌江。は気分が悪くなりました。というのもそのノートからは夥しく奇っ怪な饐えた臭いが立ち上り、それはまるで人間を毒するためだけに醸された古来からの瘴気のようだったからです。餌江。はそれを手にするとテントを後にしました。なぜ、持ってきたのかはわかりません。ただただこれは爺さんにとって大事なものだと幼いながらも〈女の勘〉が知らせたのかもしれません。餌江。は走って走って、家に向かい、息もさもさもあがり切った頃、急に手にしているノートが腐れた動物の肉の様に忌まわしく感じられてきたので、途中にある風呂屋の塀へと放り込んだのであります。

翌日、学校が終わり、家に戻ってきますと物陰から爺さんが現れました。

「やい、おまえ、よくぞやってくれたただらな」

いつもの爺さんと違い、目が血走り、若干、怖い感じです。餌江。は顔には出さず、すり抜けようとしました。すると爺さんはランドセルの肩掛けを摑み、同じことを繰り返しました。

「なんのことだえ」

「白々白のしらばっくれんな！　おめえが儂のジイジイGスポットを盗んだのは明々明の明白だっぺよ」

「じいスポット？」

「おうよ。まさに自慰スポットだ。俺はあれで何百年もジャクオフしてんだかんな！」

「あたい、知んないから」

「あほか！　逃がすかよ、このスコポン尼ッちょ！」

　爺さんは餌江。の股間に手を伸ばしました。餌江。は流石にちょっと泣きそうになりましたが、爺さんの顔が真横に来た瞬間、父譲りの〈凶猿の神聖下血パンチ！〉を、ぶちかましました。不意に顎のちょい下に頭突きをかまされた爺さんは顎が有頂天風味、あまりの激痛と快味に脳が意味不明になったようでした。

「クッソ爺死ね！　立って死ね、寝て死ね、起きて死ね！」

　どこかに可哀そうだなと思う気持ちが全くないまま餌江。は顎を押さえて蹲る爺さんの背を蹴りつけ逃げ出しました。

　その夜、子供ができたという部屋から炊きたての赤飯を盗んで食べていると、薄べったい板戸が、ほとほとと叩かれました。

「誰そ彼なり？」

　赤飯に大五郎をじゃぶじゃぶ掛けお茶漬けならぬ焼酎漬けにして啜り上げていた父が問います。

すると戸の向こうから『盗人娘はおるだらか』と、ぽそり声がしました。

父は丼から口を離すと全身で気配を探るように板戸をぎょろりと睨めつけ「誰そ彼なり」と再び、問いながら立ち、そっと板戸の前に立ち、流しに放り出してあった赤鰯のようになった包丁を摑みます。

『盗人……』

そう声がした瞬間、父は戸を開け放ちました。が、そこにはただ風が吹いているだけでした。餌江。が窓から通りを見ると爺さんが四つ角の塀の前に立っていました。昨日と違い墨を流したような晩でしたので顔まではわかりませんが、陰になっている自分の姿を見ていることは確かだと餌江。は思いました。

翌日、目を覚ますと爺さんはまだ立っています。涎の痕を白く付けている父に、あれが昨日の爺さんだと云いましたが、その軀はなんだか空気がちゃんと入っていないタイヤのように矢鱈、重たいだけで外を見ようともしませんでした。

餌江。はいっそ学校を休んでしまおうかとも思いましたが、今日の給食が揚げパンとビーフンだったのを思い出し、学校へ行く準備を始めました。

外に出ると爺さんが付いてきます。

「ジイスポット返せだら」

「しらん。そんな知らん」

「ジイスポット返しただら、猫の子作り見せるだら」

「いらん、しらん、しらんいらん」

「あれは儂が何百年も掛かって集めた。ヌキどころ満載の世界にたったひとつしかない花だら。ひとつひとつ違うネタをもっとるんじゃ。ナンバーワンにはなれないが、もともと特別なオンリーワンなんじゃ」

「しらん！　死ね！　爺！」

餌江。はそう云うと爺さんを車道にドンと突き飛ばし、走り去りました。

爺さんはトラックのバンパーに優しくキッスされるほどギリギリの転ばりでしたが、怒鳴った運転手には「轢いて貰ってもよかっただらがのう」と呟くほど超然としていたのです。

それから爺さんは学校、公園、アパートと餌江。が行くところには必ず出没するようになりました。しかし、前とは違って声を掛けてくることはなく、ただじっとりべっとりと恨めしそうに見つめるのです。餌江。には却ってそのほうが恐ろしく感じられました。

ある時、あのノートを投げ込んだ風呂屋の裏戸が開いていました。覗くと釜焚きの爺さんが真っ黒になった顔をごしごしと汚いタオルで汚しています。

「爺さん、釜焚き爺さん。ちょっと教えてくれろよ」

「なんじゃ。未完通」

「前に此処にエロ写真がベタベタ貼ってあったノートをほかしたんじゃが、あれはあるまいの？」

爺さんは「捨てたは主かよ！　あのババッチぃ紙っきれをよ。未完通」と膝をパシリと叩きました。

餌江。が頷くと、

「あんなものは良うない。儂が教えちゃろ。未完通」

「そんな爺のさもしいデチ棒は要らんに。ノートはどうした」

「どうしたもこうしたも燃したわい。ちょっと変じゃったがな」

「どう変なのか」

「釜に投げ込んだ瞬間、ぎゃっと云うたわい。女雌声で、ぎゃっ」

「そうなのか」

「そうじゃ。じゃから今は灰じゃ。あちこち燃やしもんと、よう混じってよかろうもん」

「ありがとっ、うりゃあ！」

餌江。は尻を触ろうと手を伸ばした釜焚きの爺さんに〈凶猿の神聖下血パンチ！〉を叩き込むと外に出ました。アパートに戻ると爺さんがまたぼっさり立っていました。

爺さんは見たこともないほど服はボロボロで髭も髪もすっかり伸びきり、頬は痩け、背中は丸まるって乾いた猿のようでした。

餌江。はアパートを出ると爺さんのもとに駆け寄りました。

「返してくりょお」爺さんは顔をくしゃくしゃにしました。

「あれは大事なのか」

「大事じゃ。小さいネタや大きいネタ、ひとつとして同じネタはないからバケツのなかで誇らしげに胸を張ってるんじゃ」

「あれは燃えた」

「もえた……もえたとは、何じゃ」

「風呂屋に投げ込んどいたら竈(かまど)にくべてしまったと釜焚きの爺さんが云った」

その途端、爺さんの軀のどこにそんなプラズマが潜んでいたのかと思われるほどの目映(まばゆ)い絶叫と震えがほんの少し大地を揺るがしました。餌江。にとっては効果覿面(てきめん)でした。何しろエロ本ごときで、六億円の当たりクジを燃やされたような声を出す人を見たのは初めてだったからです。

餌江。は初めて爺さんを怖いと思い、アパートにとって返すと父がくちゃくちゃ話しかけるのを無視して眠ってしまいました。


翌日、爺さんの姿は消えていました。そして、そのまんまド多摩川のテントからも姿を消してしまったのです。

父が「仕事を始める」と云いだしたのは爺さん失踪事件から一ヶ月ほど経(た)ったときのこと。

「屋台のおでん屋をするのだ」と云いました。

生まれてこの方、盗みはちょくちょく見ても、父が働くのを見たことのない餌江。はドギマギしましたが、父は「働くは、暇な奴はみんなするなりだから心安くするなり」と胸を張ったので餌江。も胸を張ることにしました。

それから父は毎晩、八時頃に出て行き、明け方、帰るようになりました。

餌江。はその間、ひとりでお留守番です。父が居ないと知った他の部屋の住人が物を盗みに来るのですが、盗るものもない部屋を見て「髑髏奴！」などと悪態を吐いていくのでした。

餌江。はひとりで寝るのでした。

ある朝、人の気配に目を覚ますと父が餌江。の枕元に座ったまま歯軋りをしていました。そのギチギチギチギチギチ……という音の合間に目玉がぶるぶると電気按摩されているようにブレているのです。

「おとん」と声を掛けると父はニヤったらぁと笑いますが、すぐにまた歯軋りと眼振です。

餌江。は流石に怖くなって起き上がると父の背を押しました。すると薄いダボシャツの下から、しっかり骨の硬さが返ってきたのです。それはまるで魚の骨を紙で包んだような感触でした。以前のぶよっとした酒でなまくら化した脂肪の余裕は、どこにもありません。

餌江。は夢中になって父を呼びました。すると父は海底から上がってきたようにボーッとしたまま餌江。を見、それから「おお」と、いつもの声を出しました。そしてダボシャツの腹巻きから紙切れを取り出すと「今日もええ客が来たなりなあ」とニヤったらぁと笑うのでした。「み、見ろ。諭吉じゃ。諭吉が来たなりぞ」

畳の上には見たことのない〈札〉がありました。餌江。はこの歳になっても千円札以外はちゃんと手にとって見たことはなかったのです。おでこの広い着物を着たおじさんが札の中から餌江。を見つめていました。

「かん缶の中にしまうなり」父は餌江。に向けて手をひらひらと振りました。

餌江。は押し入れの中からチンボリーナと描かれた凹んだクッキーの缶を取り出すとその中に札をしまいました。

父はそれから便所に行って大いに吐きました。一体、何がそんなに入っていたのだろうというような大いなる〈吐き〉でした。

「学校休もうなりかな」

「休まんでいいなりり」

父は追い立てるように餌江。を学校に出し、部屋に鍵を掛けてしまいました。

なにやら一瞬、見送った父の目に薄緑に燃え立つ〈鬼火〉があった気がして餌江。はますます心配になったものでした。

夕方、帰宅すると父の姿はありませんでした。

餌江。はいつものように蹲り、何かを拾うか盗むかしようと思いつつ、うたた寝をしていたのですが、ふと父の屋台を見に行ってみようと思ったのです。時間は十時を過ぎていました。

餌江。は体操服にブルマを穿き、裏返すと色が変わる赤白帽をかぶり出たのです。

屋台の場所はきっと駅に近い繁華街の公園脇だろうと思ったのですが、そこに屋台はありませんでした。仕方なくウロウロするうち、いつの間にかド多摩川の畔にやってきていました。目の前には爺さんのテントがあり、あの晩と同じように月が皎々と照り散らかしていました。中を覗いて餌江。は戦慄しました、テントの壁に『えさえのどあほ』と血のようなもので殴り書きされていたのです。

「字が違うわ、莫迦垂れ」餌江。は毒づきます（申し遅れましたが、餌江。は父が出生届を出す際、句点を名前の後に付けてしまったのです。ですので正式には餌江ではなく、餌江。なのです。所謂、時代の先取りですね。此処では正式にやっています）。

更に生地が捲り上げられた床には、そこかしこに猫の首が転がっていたのです。いえ、そうではありません。猫の首は転がっていたのではないのです。生えていたのです。猫は半ば口を開けたり、目を中途に閉じたりしていましたが、いずれも首から下が埋められていたのです。埋められた猫は生きたまま餓死、または水が飲めずに死んだのでしょう。よくよく見れば舌が飛び出し、それを喰っているものもありました。むぞむぞと震えているように見えるのは虫がうぞうぞと湧いているからでした。餌江。は目眩と汗と金物を焼いたような腐臭に耐えきれず、外に出ると〈アッ〉と短い悲鳴を上げます――あるはずの腐れ屋台がないのです。

餌江。は一気に悪い予感に襲われます。

というのも踏み潰された茂みが轍を、くっきりはっきり残していたのです。それは街に向かって移動していました。餌江。は轍を追いました。そして土手に上がると遥か彼方にぽつんと橙の明かりが灯っているのに気づいたのです。

餌江。は明かり目指して駆け出しました。

そして胸が破裂し、肺が焼け切れてしまう頃、ようやく屋台に辿り着いたのです。オンボロで屋根の傾いだ屋台の脇で人が動いているのが見えました。そして近づくにつれ嗅いだことのない異様な臭いがしてきます。表には醤油を運ぶ木の箱がひとつ。座れるように裏返してあります。

餌江。は屋台に着きました。

「らっさいなり」声を掛けたのは、やはり父でした。しかし、屋台のネタ箱の上にある薄暗いガス灯で見る父の顔は刮げたように頬が削げ、目ばかりがギョロギョロとしていました。

「おとん」

餌江。の声に父は胡乱な目を向け、やがて「おお！　餌か。なにか喰うていくなりか。今日もお客さんが来たなりなあ、ようさん、儲かったなりで」父は、またぞろダボシャツの腹巻きから札を摑み出しました。

餌江。はそれを横目に湯気の立つ鍋を覗き込みました。そこにはドロドロとした赤黒い溜まりが煮え立ち、その間に黒や灰色の丸い物が混ざって、ぐつぐつと揺れています。

「やっぱり来ただらなあ。来ると云っただらからなあ」

「誰が」

「客なり。常連客で、此処で屋台を始めてからは毎日毎日、来てはがっぽり払っていくなり」

「それ、どんな人か」

「……まあ、爺なり。ジキコのようななりやけれど、銭はようさん持ってはるなり。ボロは着てても心はニンニンと云う奴なりなや。大した男なり。何喰うなりか？」

餌江。が黙っていると父は勝手に丼に鍋ものを入れ、それを細い喰い台に置きました。丼いっぱいに鍋のどろりとしたものが溜まっています。白い部分に汁がはね、それが伸びて赤い線を引きました。割り箸で搔き混ぜると茗荷色の紐が飛び出したのでたぐってみると里芋のような胴体に小さな足が付いていました。

……鼠だ。

餌江。は箸を止めました。

「なんだ。おまえ、腹減ってないなりなのか」

餌江。が頷くと父は手を伸ばして丼を引き受け、そのままずるりずるりと中身を食べ干してしまいました。

ニッと笑った父の口元には鼠の毛が散らかっていました。

※　※　※　※　※

「どうすればいい！　ねえ、どうすれば‼」

餌江。は父が仕事に出かけた隙にホーイチに助けを求めました。あれからも父は屋台の仕事を続けていましたが、出かける度にやせ細り、いまでは手首なぞは餌江。と同じ太さになってしまっていました。帰宅すると夕方まで死んだように眠り、餌江。の問いかけにも最近でははっきりと答えなくなっていたのです。餌江。はホーイチに、爺さんとの出来事を伝えました。ホーイチは腕組みをし、禿げ頭の汗をでろりでろりと手で拭っていましたが、やがて「それは爺さんの祟りかもしれんなあ」と屁をこきました。「おまえ、そのエロノートは返せないのか」

「だから釜焚きが焼いちゃったなりよ」

「いつから屋台は始めた？」

そろそろ三月になると餌江。が云うとホーイチは顔を顰めに顰めきります。

「その爺さんは孤毒を使っておる。此は生き物の飢えと渇きと憎しみを煮出す凶悪な呪術でな。まずは助からん」

餌江。は涙が溢れました。アル中で泥棒で出来損ないで落伍者で負け犬で社会不適応者で穀潰しで嘘つきで敗残者でろくでなしの屑とはいえ父は父です。学校でそう習ったからです。

「まずもって今日から三日が勝負だ。これを逃せば、おまえの父は爺さんの孤毒により地獄に落ちよう」

「どうすればいいなり‼」

「その前に踊れ。すっぽんぽんで儂の拍子に合わせて見事に踊れば、どうすれば良いか教えよう」

餌江。は踊りました。

ホーイチの〈はああ〜亭主取られて、泣く奴野暮だ〜さあさ、浮いた浮いた〜ヤアトヤトヤト〜♪〉の掛け声で一心になって踊り、掻いた汗をホーイチの手拭いで拭くのです。ホーイチは、それを口に入れ、ちゅうちゅうし噛むのです。

餌江。の気が遠くなった頃、やっとホーイチから許しが出ました。

ホーイチはなにやら小指ほどの小さな護符を手にしていました。

「よいか。たったいま、この場から三日三晩決して口を開いてはならぬ。孤毒は口を源とする呪い。それに打ち勝つには最も父を案ずるおまえが口を飢えさせ呪いと気をいつ一にし、闘う他ない。よいな。三日目の晩が過ぎ、夜が明ける迄は決して……」

餌江。が頷くとホーイチは彼女の舌の上に護符を置きました。

「名付けて、ボキ春の法じゃ」

餌江。は黙って頭を下げると口を固くつぐんだまま部屋に戻りました。これからの三日間、学校は休むことにし、部屋からも出ないようにしました。

父はなにくれといつも以上に話しかけてくるのですが、餌江。は一切返事をしません。

無視し続ければ、いつか父の堪忍袋の緒が切れて殴られるかとひやひやしていましたが、それは術の効果だったのでしょうか、父は怒鳴りつける以上のことはしませんでした。

ひと晩め、餌江。は空腹と喉の渇きで目眩がしましたが、なんとか凌ぎました。

ふた晩め、いよいよ喉の渇きが絶頂に達しましたが、堪えました。

そしていよいよ最後の晩が来ました。真夜中過ぎ、喉の渇きと飢えで眠ることができません。

部屋中を転々惻々しているうち、ふと餌江。は助けを呼ぶ父の声が聞こえたように思うのです。

驚いて起き上がり、耳を澄ますと確かに泣きながら助けを呼ぶ父の声がします。何故かぶわっと涙が溢れました。性病持ちで恩着せがましくてスケベで卑屈卑怯で怠惰で強欲でろくでなしの屑とはいえ父は父です。餌江。は駆け出しました。

屋台のある場所に着くと既に騒ぎは始まっていました。

チンピラヤクザがふたり、父をピンボールのように殴っているのが見えました。

餌江。は思わず叫びそうになり、ゾッとして口を押さえました。まさに此こそが試練なのだと子供心にもわかったのです。父は土手のアスファルトの上で既に糸くずにされていました。ダボシャツは破れ、口からも顔からも血を流し、骨に皮の肋の様子が提灯のようでした。

「おお！　餌江。餌江。なりよぉ～」

父は声を限りに呼ばいました。

薄暗闇の中、ぼっと立っている少女の姿にチンピラはギョッとした様子でしたが、それが本当の人間だとわかると〈けっ〉と唾を吐き、近づいてきました。

「よう、あれはおまえの親父か」

餌江。は頷きました。

四十がらみのゴリラのような男でした。頬の両脇に斜られた切り傷が大きく引き攣れ、笑っているように歯が覗くのですが、目には残忍なものがありました。アロハシャツの胸元と腕に毒々しい刺青があります。

「おまえの親父は十年前から、此処で屋台をしとろうが」

「そ、そんな俺はまだ三月ぐらいなり」

すると父の脇にいた別のチンピラが革靴で顔を踏みます。

「ほんとか」

餌江。は頷きました。

「いつからだ」

餌江。は黙っていました。

「本当に三月なら、おまえも云えるよな」

「それは口が利けないなりなんですなり！」父が叫びます。チンピラが顔を踏みます。音がします。

「子供の口からはっきり聞かせて貰わんと、わしらも親父にドヤされるんじゃ」ゴリラが父に向かって云いました。「親父はド変態やから、下手打つと足首を切られんねん。ダマテンで売打ってたおまえが三月か十年かでは偉い違いなんや。此処はおれらとおまえの正念場なんやぞ」

「だから三月なりですなりってぇぇ！」

「くっさい鼠を茹でやがって。わしらのシマの恥さらしじゃ！」脇のチンピラがそう叫び、父の頭を踏みます。踏んでから少し時間を掛けて吸い殻のように捻ります。音がします。

「なあ、お姉ちゃんがちゃんとお父ちゃんが三月だけ、鼠を茹でてたいうんやったら、まだええわいや。だがの、うちとこの親父に反目こいとるあかんたれが、キミのおとうちゃん十年やっとった云うんや。それが問題やねん……いつからや。キミ、云えるやろ」

餌江。はぶわっと涙が出ました。

「み、三月やというなりぃ！　餌！　餌ぁ」音がします。

「子供はなあ、無理矢理、嘘つかされると泣くもんや。どっちなんや？」

餌江。は首を振りました。

「あかん。ちゃんとお口で話して」

どうして良いのかわからずにいると、溜息を吐いてゴリラは立ち上がりました。

「ヒロ、けじめぇ、つけよか」

「へえ」

するとヒロと呼ばれた若いチンピラが父の手を掴むと煉瓦（れんが）の上に乗せました。そして手首の辺りをゴリラが思い切り踏み込んだのです。不意に浅蜊（あさり）の砂を噛んだときの様な音が響き、父は悲鳴を上げました。

見ると手首は反対側に垂れています。若いチンピラはその折れた手首を掴むと「ほい、握手握手」と猛烈に振ります。胃を塩揉みするようなえぐい声が父から出ます。

「キミ、云うて」ゴリラが笑いました。「おとうちゃん、いつから此処でやってんの？」

その途端、餌江。の舌の上で護符がカッと熱くなりました。今にも〈三月！〉と叫んでしまいそうだったからです。

「あかんなあ」今度はヒロが父のもう片方の手首をブロックに乗せました。

「餌！　早くなり早くなり！　やられるなりやられるなりるれろ！」父が叫びます。

ゴリラが足を宙に浮かせたまま訊きます。

「どうなの？　云えるの？」

「三月だよ！　莫迦！」餌江。がそう叫ぼうとした瞬間、屋台の裏側でニタニタ笑っている爺の姿が目に飛び込んできました。爺は踊っていました——そう、東京音頭（おんど）です。

餌江。は奥歯が、がりりと音を立てるほど強く噛み締めました。父を死なすわけにはいかないからです。

ベキシッ。ぼぎゃああ。

骨の砕ける音と断末魔を耳にしたとき、餌江。は、すーっと意識が遠くなっていました。

——気がつくと周囲は明るくなっていました。草の臭いに咽せながら起き上がるとポッと口から護符が落ちました。咳き込みながら立ち上がると啜り泣きが聞こえます。

見ると川縁で父が泣いていたのです。

「おとん」

餌江。が声を掛けると父は勢いよく振り返りました。

「口が利けるなりじゃないか……なんで今頃……今頃、遅いなりな！　見ろなり！　これをなり！」

父が腕を上げると完全に二つ折りに垂れている掌がゆらゆらと揺れました。

「医者行こう！　おとん、医者行こう！」

餌江。が軀に取り縋ると父は邪険にそれを振り払いました。

「ああ！　鬱陶しいなり！　おまえになんぞ楽させてやろうと働いた俺が莫迦だったなり！　阿呆だったなり！　ああ！　もう！　なりるれろ」父は立ち上がり、駆け出して行ってしまいました。

餌江。が爺さんのテントを覗くと何故かテントもその裏に止めてある屋台も燃えて、炭になっていました。

　部屋に戻ると父は一升瓶を折れていない部分で拝むように挟んで呑（の）んでいました。

　それ以来、父はずっと飲んだくれてばかりの人間になりました。そして酒が無くなると杯を両手で拝むように呑む〈拝み猿〉と自ら名乗り、街角や酒屋の出入り口で酒をねだるようになり、何度も殴りつけられ、留置場に行き、そして出てきてはまた呑むを繰り返すようになりました。そのうち親切な自動車修理工場の人が折れた腕の先にフォークとスプーンを取り付けてくれましたが、あまり役には立ちませんでした。

　あの後、餌江。はホーイチのところへ報告に行きました。

　いろいろと思うようには行かなかったけれど、取り敢えず父の命だけは助かりましたと告げる餌江。にホーイチは〈え？　本当にやったのか〉と目を丸くし、あんなものはおまえの裸が見たいがための口からデマカセだったのになあ、それは取り敢えず良かった良かったと膨らみかけそうな餌江。の胸に手を伸ばしてきたので〈凶猿の神聖下血パンチ！〉をぶちかましたのでした。

　かん缶に詰めていた札は全て使えない偽札だとも聞きました。それも子供のイタズラ書きのような惨めな虚仮（こけ）な代物（しろもの）だったそうですが、本物の諭吉を見たことのない餌江。には何がなにやら最後まで見当が付きませんでした。

　その後、数年間で父は酒の飲み過ぎでますます痩せ細り、餓鬼か猿の干物のようになりました。餌江。とはまともに口を利かず、顔を見れば裏切り者、親不孝者、卑怯者、冷血漢、不感症、人でなしと繰り返し、好い加減、耳にタコができる頃、運送屋のトラックに轢（ひ）かれ、身長が倍に伸びて死んだのでした。

トラックの会社が大手だったので、餌江。には目糞ほどの香典が渡されました。犬のお弔（とむら）いとあまり変わらないような質素な葬儀の後、餌江。は施設に預けられましたが、その後、物好きな素封家（そほうか）に養子に迎えられ、美しい青年に見初められ結婚し、三男二女の良い家庭を築き、九十まで幸せに暮らしましたとさ。

おしまひ

祈り

1

妻は——香織（かおり）は少しずつ病み崩れていったのです……。

半年前、私たちはひとり娘の沙耶（さや）を交通事故で失いました。

午後十時、ひさしぶりに古い友人と逢（あ）い帰りの遅くなった妻を、娘が駅まで迎えに行こうとしている途中で事故は起きました。反対車線から飛び出したトラックにまともに衝突され、娘の運転する車は反動で傍（かたわ）らの工場の壁へと弾（はじ）き飛ばされてしまいました。

トラックは逃走し、一時間後に発見、逮捕された際には警察の質問にも、まともに答えられぬほど泥酔しておりました。運転手は当て逃げは認めましたが、飲酒運転は認めませんでした。娘の車をはねてしまった恐怖を紛らわそうとして近くのコンビニでビールを大量に買い込み、トラックのなかで飲んだというのです。裁判では運転手の勤めていた大手運送会社が有能な弁護士を新たに雇い入れたためでしょうか、この言い分が通ってしまいました。

その瞬間、並んで裁判を傍聴していた私の耳に妻が、ばきっと音をたてるのが聞こえました。目が合うと妻は手のひらに白い欠片を吐き出しました。奥歯でした。その日を境に妻は崩れていったのです。

私は勤めを辞めました。総務をしておりました以前の会社は自動車のフロントガラスを作っていたのです。妻に代わり警察署の裏の安置所で対面した娘と駐車場の隅で幌を被せてあった軽自動車の残骸が、社で量産されるフロントガラスを見るとどうしても思い出され、私には耐えられなくなっていたのです。五十七での依願退職でした。

退職金と娘の生命保険金、それと僅かな貯金を使い、いっそのこと郊外へ引っ越そうとも思ったのですが妻が強硬に反対したこと、十年前に買い換えたばかりのマンションのローンが残っていることと、買い換えのための査定をして貰ったところ驚くほど額が低かったものですから、その計画はいましばらく断念することとなりました。私より三つ年下の妻のショックは見ていても哀れなほどで、体重は二ヶ月で二十キロも落ちてしまい、娘とふたりでダイエットだなどと冗談を交わしていた頃が嘘のようになってしまいました。いまや茶碗に薄く載せただけの飯も箸を休み休み使うような有様で、機嫌が良い時に『事故死ダイエット』などと嘯いたのを叱った憶えがあります。

私は知り合いのつてを辿り、駅前などで五店舗ほどを展開している布団や家庭雑貨を扱う中小企業へと、総務部での嘱託との扱いで転職をいたしました。

妻は日常生活は普通におくれますが、ただ一点、娘に関する妄執といいますか恋慕の情が未だ甚だしく、時には常軌を逸して見えてしまうようなことも度々あり、悩んでおりましたけれども、隣室の奥さんが快く良い相談相手のような形を取ってくれたおかげで随分と助かりました。ナカノさんといいまして歳は四十代後半なのですが、なかなかしっかりした方でした。若くして離婚された後、息子さんを女手ひとつで育て上げ、いまは悠々自適といった感じでした。私のマンションは棟がコの字になっており、外廊下から中庭が見下ろせるようになっています。彼女の部屋は角部屋で、エレベーターを降り、左折して廊下を進むと突き当たりのひとつ手前が私、奥がナカノさんの部屋ということになります。

　マンションの部屋に妻の姿が見えないので携帯に電話をしたのですが、繋がりません。厭な予感がしながらも私は自転車で娘の事故現場に向かいました。すると案の定、妻が花束を手に立っておりました。私に気づかないのでしょう。彼女は買い物をして貰ったばかりのコンビニ袋のなかへ乱暴に献花を押し込んでいます。

「おかえりなさい」

「おかえりなさいじゃない。また何をしてるんだ」

　私の問いに妻はレジ袋の口を拡げました。

「また誰か菊なんか飾って……。忌々しいわ」

「馬鹿。友だちか誰かが偲んでくれているんだ。ありがたいじゃないか。罰当たりなことをするな」

　すると妻の目がきゅっと細くなり、ずるい人間を見るような目を私に向けます。

「成仏(じょうぶつ)したらどうするのよ。天国に行っちゃったら、もう逢えないのよ……」叫び出す前兆を匂わせ、言葉尻が震えます。

私は黙って彼女の手を取ると自転車の籠にレジ袋を入れ、家に向かいました。

「幽霊だって地縛霊だって、怨霊(おんりょう)だって良いの。逢えれば良いんだから……」

娘を失って以来、妻の書棚には心霊関係の書籍が山のように増えていきました。それは始めはぽつりぽつりと料理本やニット編みの本、インテリアや小物の本に紛れていた程度でしたが、やがては繁殖し、そうした従来の優しい妻らしい気遣いの本をアッという間に駆逐してしまったのです。『心霊大全』『あの世からの報告』『招霊メソッド』『霊の段階』『呪法の理論』『呪いと恨み』『復活と反魂』……といったようなタイトルの本がいまや所狭しと並び、リビングやキッチンの棚やテーブルにまで溢れるようになっていました。

妻は娘といまでも暮らしたいのです。彼女は自分にとって娘は死んでいようが生きていようが関係がないのだと断言します。そんなことはどちらでも良いのだと。それはもう私たちふたりのショックが収まってからは何百回も話し合い言い合いをした結果、彼女が到達した理論なのです。肉体のない娘に復活は望めない、それならばせめて魂と暮らしたい、それぐらいどうにかしてみせるというのです。そして文字通り彼女は命がけで娘の魂を呼び戻そうとしていたのです。

「そんな馬鹿なことできるはずがないじゃないか！　いい加減にしろ」と怒鳴りますと妻は当初はしくしくと泣きながら、最近では私を嘲笑(あざわら)うかのような調子で「あなたは父親だからね」と呟(つぶや)くのです。月に二度、NPOで紹介されたカウンセラーのところに通っていますが功を奏しているようには見えませんでした。

2

「沙耶は連れて帰ってきたから」

夕食を摂(と)っていると妻がぽつりと呟きました。

私は鶏魚(いさき)の煮付けを摘(つま)んだまま顔をあげました。

「わかる？　あなたにはわからないでしょう。でも、大丈夫。これからはどんどん実体化させるから……」

妻はそう言うとさっさと自分の茶碗を片付け出し、箪笥(たんす)などをしまっている奥の部屋に入ってしまいました。

「おい。おどかすな」

私は茶碗を置くと襖(ふすま)越しに多少、とぼけ気味に話しかけたのです。

「冗談じゃないわよ」

襖が開くと唖然(あぜん)としました。

妻は沙耶の服を着、髪型も似せていました。驚くほど痩せてしまったからできたことなのでしょうが実際、驚きました。

「何をしてるんだ」

「これが方法なのよ」

妻はそう言うと紙袋のなかから小型の鏡をいくつも取り出し、部屋のあちこちに置き始めたのです。

「そんな馬鹿な格好があるか。歳を考えろ」

「わかってるわよ。何もしない人にとやかく言われたくないわよ」

妻は鏡を手にすると右に左にと動かします。

「うーん、やっぱり近くからじゃだめね」

私はその時、傍らにある鏡に気がつき、ハッとしました。

そこには沙耶の服を着た妻の背中の一部。うなじから肩胛骨（けんこうこつ）にかけての線が偶然、映ったのが一瞬、沙耶に見えたのです。もちろん、それは目の錯覚に過ぎません。しかし、頭ではわかっていても拭いきれぬほどの衝撃がありました。私はキッチンの椅子に座り込んでしまいました。

「これからよ。これから始まるの。だってもう連れて帰ってきたんですもの」

妻の声は心なしか浮き立っていました。

その夜、ベッドで並んでいると、寝たと思っていた妻が不意に口を開きました。

「あなた、驚いていたわね」

私は黙っていました。

「鏡を見たでしょう……。沙耶がいたでしょう」

「馬鹿。あれはおまえだ」

「みっつあるのよ。あの子をまた取り返すには、ひとつは成仏させないこと。二つめは私自身があの子の霊的な器になってあげるの。憑座として一体化するのよ、今日の服装みたいにね。そして三つめがあの子の辛さ、無念さ、痛み、哀しみを共有するの。あの子はいまでも苦しんでいる。だから、私たちも苦しまなければならないし、幸せなんか感じちゃいけないの。居心地の悪い、生きてるんだか死んでるんだかわからない、手応えのない生をぬるぬると過ごさなきゃならないわ。要は私たち自身が既に燃やされるのを待つだけの死人にならなきゃ、あの子とは暮らせないわ」

　がたんと鏡の落ちる音がしました。

　それを聞いた妻は「ふふ」と含み笑いをしました。「あなたはやはり沙耶を見たのよ」

　深夜、喉の渇きで目が覚めたのです。

　娘が死んでから、私たちは明かりを完全に消して寝ることはなくなりました。淡くベッドサイドの照明は点けておくのです。目をはっきりと開ける束の間、壁を何かが掃いたように翳ったのを見たような気がします。身を起こすと妻は沙耶のパジャマを着たまま寝ています。目の前のテレビ台にある鏡に手を胸の上で組み合わせている妻の上半身が映っていました。そしてそれは安置所で対面した沙耶の姿を私に思い出させたのです。

　オフセット率50％という最も致命的な衝突後、町工場の外壁に叩きつけられた娘の小型車は、幅が三分の一ほど屋根は引きちぎれてハッチバックに垂れ下がっていました。救急隊員が引き出そうとしていたあいだ娘は息があったそうですが、全身が計器とエンジンとハンドルなどで潰れ、癒着しているような状態だったので引き出した途端に即死したそうです。顔の前面がガラスで切り裂かれていたために皮膚が顎の下にくっつき、確認のためシーツをめくって貰った際、一瞬、娘か否か以前にそこに何が置かれているのかわからないほどでした。強いて言えばカツラを着けた洗面器一杯に血と歯と肉を詰め込んだ代物と言った方がその時の私の感情に近いかもしれません。結局、沙耶かどうかは指紋によって確認されました。いま鏡に映ったのはシーツをめくる前の姿に酷似していたのです。

キッチンでコップ一杯の水を飲み干すと妙な感じがしました。薄暗い明かりのなか照明を反射して鏡が光っているのですが、そのひとつひとつに何かが映っているという確信に近い気持ちが膨らんできたのです。私は手近の鏡を覗き込んで見ました。そこには疲れ寂れた男の顔が映っていました。しかし、鏡面に人差し指の半分ほどの指紋が残っていました。赤く血のように見えたのです。ふと覗き込もうとすると、それまで真横にあった鏡のなかで自分とは違う動きをするものを感じました。自分は頭を下げたのに、そこにあったものはサッと横にすり抜けたようなのです。私は指紋の赤を確認するとベッドに戻りました。妻の指に傷はありませんでした。そして自分にもなかったのです。横になり、ゆっくりと眠りを待っていると鏡がまたひとつ落ちた音がしました。

3

翌日、私は仕事に行く前、ナカノさんを訪ねました。

「あの、何かあったら教えて貰いたいのです。ちょっと昨日からどうにも不安定なものですから……」

ナカノさんは何度も頷（うなず）きながら了解してくれました。

そのおかげで私が帰宅するまで妻はおとなしく部屋で過ごしていました。

私が店屋物でも取りますから食事を一緒にしませんかと言うと、ナカノさんは酷（ひど）く恐縮して戻っていかれました。妻は依然として沙耶の格好をしていましたが、やはり歳と疲れは覆い隠しようもなく、それが妙な若作りの印象と相まってちぐはぐで凄惨な印象を与えました。しかし、妻はそんなことはお構いなしのようでなにやら上機嫌なのです。

「今日もたっぷり沙耶と話ができたわ。あなた、昨日、水を飲みに起きたんですって？」

「ああ」

「沙耶が鏡のなかから一生懸命呼んだのに気づいてあげなかったそうじゃないの。怒ってたわよ。おとうさんは相変わらず冷たいって……」

私はその晩、普段のように過ごそうと思っていても室内のそこかしこに置かれた鏡が気になって仕方なく、また自分の姿がすっと何かの拍子に映る度に胸の奥がざわついてしまい、風呂から上がると得体の知れない疲れがどっと背中にしがみついたような気がして早々に床に就いてしまいました。そして再び、深夜、目を覚ましたのです。気がつくと隣に香織の姿がありません。半身、起こして呼んでみたのですが返事がないのです。胸騒ぎがして私は室内を捜しました。しかし、妻の姿はどこにもなく玄関の鍵が開いていたのです。私はそのまま娘の事故現場に向かいました。雨が降っていましたが気にせず自転車で向かいました。現場に到着すると横断歩道の反対側に白い影があります。妻でした。全身からしずくを垂らしながら香織は娘が潰れたと思しき外壁の前に立っているのです——死んだ娘の格好をしながら。

「何をしてるんだ。風邪をひいたらどうする」

肩に触れると氷のように冷たくなっていましたので思わず怒鳴りつけましたが、妻はすぐに反応しませんでした。化粧の流れ垂れた顔のままゆっくりと外壁を指さしたのです。そこには『女の幽霊がでます』とスプレーで落書きがありました。

「逢おうと思って……」

「馬鹿！　肺炎にでもなって死んだらどうする！」

「いいじゃない……」妻は呟きました。「殺してくださいよ」

そう言うと妻は跪き、拝むように私に向かって両手を合わせたのです。

「おとうさん、私を幸せにすると言ったじゃないですか。なら殺してくださいよ。死なせてくださいよ。辛いんですよ。辛くて辛くて。魂が潰れてしまって元に戻らないんですよ」

私は無言で妻の手を取り立ち上がらせると連れて帰ったのです。

部屋に戻り濡(ぬ)れた服を着替えさせると妻はほどなく眠ってしまいました。

私は早めに寝たことと冷たい雨に打たれたせいか目が覚めてしまいました。

妻の奇行を止めさせなければならないとはわかっていましたが、それを止めるだけの力が自分にはないような気がしていたのです。自分には妻ほど全てを投げ捨てて娘の死を悼(いた)むことができなかったのです。

〈…………〉

声が聞こえました、と、同時に床が軋(きし)んだのです。

自分の座っている場所からちょっと離れたところに風呂場へと続く廊下の角がありました。その辺りで布のようなものが動いたのです。私は持っていた湯飲みを置きました。

廊下の奥は暗く、闇になっていますがその周辺に何かが凝(こご)っています。

〈ギ……〉

また声がしました。潰れた喉から漏れたような、錆(さ)びたギャを引っ掻(か)くような音でした。

目が全く離せなくなり、私はゆっくりとただ立ち上がりました。

角から白い服が……それは千切れていました。腕……のようなものがあり、その上へと視線を移すと丁度角に身を隠すようにして何かがいるのがわかりました。その辺りの闇が凝って見えたのは破裂したように広がる髪が重なっているからだと気づきました。

〈……ぱぱ〉

いまにもそれが顔を出す、そう思った途端、私はぎくしゃくとその場を離れ、寝室に転がり込んでしまいました。

ぎしり、ぎしり……ぎしり。床を何かが進み、先ほどまで私がいたテーブルで溜息（ためいき）をつくのが聞こえました。

4

朝、妻は酷い熱を出してしまいました。私はナカノさんにたまに顔を出して様子を見てやって欲しいと告げ、出勤しました。

帰宅すると廊下に面した窓の桟（さん）が全て取り払われているのに驚きました。そこは採光を重視した一間ほどの比較的大きな窓でした。

「おい、窓をどうした？」

キッチンにいた妻に問いかけると彼女はゆらりと立ち上がり、手招きをします。

そしてあの外廊下に面した窓のある部屋に私を招き入れたのです。

「なんだこれは」

部屋を圧するかのように鉄屑（てつくず）がオブジェのように置いてありました。

私はそれを見回し、あることに気づくと真っ青になりました。

「おまえ……」

「買い戻したのよ」妻は私の言葉を遮りました。「当然でしょう。あの子が最後にいた場所なんだから……」

それは娘の乗っていた車だったのです。

錆びつき、泥で汚れていましたが紛うことなく、沙耶はそのなかで潰れていたのです。

それは警察から証拠保全の役割を終えたので処理してくれと言われたものを我々がスクラップ屋に引き取って貰った物でした。妻はそれを再び、譲り受けてきたのです。

「ドアからは全然、入らないの。だからここのサッシを全部、外したのよ。それで男の人六人がかりで真横にして入れて貰ったの。引っ越し屋さんも驚いていたわ。でも良かったわ、ここが分譲で……」

私は言葉を失っていました。

深夜、私は手洗いに行った帰り、あの部屋の前を通りました。すると行きにはなかったものが見えたのです。白い生地でした。ドアの隙間からだらりと伸びていたのです。慌てて部屋に駆け込み、失敗してスカートの裾をドアに挟んだように見えました。

私が一歩近づくと布がシュッとなかに引き込まれました。妻がベッドで寝ているのは確認していました。鏡に自分の怯えた顔が映り、その背後に天井がありました。

だらしのないことに私はその夜も、寝室に戻ってしまったのです。ドアを開け、なかを確認することはできませんでした。

私が横になると、ふと寝ていたはずの妻が目をつぶったままこちらを向き、にやりと笑いました。私は全身の血が薄くなるような気がしてたちまち寝入ってしまいました。

妻が私に向かって罵声(ばせい)を浴びせたのは翌朝のことでした。

「どういうつもり？」

妻の手にある白いものを見て、私はしまったと思いました。それはお守りだったのです。妻が鏡を並べるようになった翌日の昼休み、近くの神社で貰ったのを財布にしまっておいたのです。

「あなたは何から身を守るの？　沙耶は悪霊なの？　祓(はら)う代物だとでも言うの！」

今までにないほど妻は喚(わめ)き、地団駄を踏み、嘆き悲しみました。

私は自分では手に負えないと思い、ナカノさんに助けを求めました。

すると妻はナカノさんへと童(わらべ)のように縋(すが)りつき、宥(なだ)められながら寝室へと入っていったのです。私は会社に遅刻する旨(むね)を連絡するとナカノさんが出てくるのを待ちました。

「寝たわ」ナカノさんは寝室のドアをそっと閉めると少し微笑(ほほえ)みました。

「すみません、いつもいつも」

「良いのよ、それは。でも段々、酷くなっていくわね」

「ええ。昨日は遂に娘の乗っていた車まで搬入してしまって……」

「知ってるわ、いたもの。奥さん、大はしゃぎだったけれど、やはり運送屋さんもサッシ屋さんもみんな変な顔をしていたわね……。知ってます？　あの車」

「何でしょう」

「もう半年以上経ってると思うんだけどね。機械のあちこちに髪がまだ絡まってるのよ。それと白っぽい滓みたいなのも、ところどころ詰まってるみたいだし……」

私には返す言葉もありませんでした。ただ木偶の坊のように突っ立ったまま、ナカノさんの言葉に耳を傾けていました。

夜になってから帰宅すると家のなかの様子がまたおかしくなっていました。

仏壇が倒れ、遺灰の入った箱が開けられ、骨壺が口を開けたまま転がされていました。

私は遺灰を壺に戻すと妻を捜しました。

妻はスクラップの脇で膝を抱えて座っていました。

「何をしてるんだ」

妻は子が親に叱られるのを予見しているような拗ねた目をしてきました。

「香織……。あんなことをして」

彼女の視線が私を外れ、背後にあるスクラップへと移動しました。

厭な気配がし、それを追うとスクラップの錆びた車体の表面がべっとりと濡れています。壊れてねじ曲がった給油口が内圧によって飛び出していて、濡れはその周辺が一番、酷い……。

「あんたが悪いんだよ……あの子を成仏させたり、祓ったりするもんか……」

そういうと香織は私に摑みかかるように腕を伸ばし、そのまま倒れてしまいました。

両の手首からは黒みを帯びた血が夥しく溢れていました。

私は香織の名を呼び、抱き起こすとすぐさま救急車を呼んだのです。

妻は給油タンクに自らの血を注ぎ込んでいたのです。

5

「他害の恐れはないにせよ、自傷によって最悪の事態を引き起こす可能性は拭えませんな」

搬送された先である総合病院の外科の医師は私を前にそう告げ、しばらくのあいだ別棟にある精神科への入院を勧めました。

「よろしくお願いします」

私は一礼すると診察室を出、再び妻の病室へと向かいました。

両手に痛々しく包帯を巻いた妻はげっそりと痩せてしまっています。

身体は縮んでしまったかのように小さく見えました。

私は一旦、帰宅することにしました。

バス停で待っているとナカノさんから携帯に連絡がありました。

『容態はどう?』ナカノさんは興奮気味に訊ねました。

「命に別状はないようなんですが……」

私は香織が入院している病院名を告げ、精神科病棟への入院が必要だと勧められたこと、自分もそれに従おうと思っていることなどを簡単に説明した。

『そのほうが良いかもしれない』ナカノさんはそう呟いたのです。

帰宅し、入院生活に必要な品々を鞄に詰め込んでいると携帯が鳴りました。

病院の看護師からでした。

妻が病室からいなくなったというのです。

慌ててタクシーで戻ると担当医が空っぽのベッドの前で呆然としていました。

「いま、手の空いているスタッフに院内を捜させています。が、病院の外に出たとなると……」

警察には既に連絡をしたというのです。

私は居ても立ってもいられず待合室や庭を捜し、そこにはいないと知ると娘の事故現場へと向かいました。

しかし、そこにも姿はないのです。途方に暮れたまま、今度は自宅に戻ったのかもしれないと思いタクシーを捕まえますと、車内で警察から電話がありました。妻が車にはねられたというのです。搬送されたのはいま、逃げ出したばかりの病院でした。私は運転手に病院へ向かうよう指示しました。

既に手術は始まっていました。

「全力を尽くしていますが予断は許さない。いや、むしろ厳しいということをご理解いただきたい」

私は手術をしているのとは別の医師からそう説明を受けました。

手足から力が抜けてしまい、私は看護師に抱えられるようにしてソファーにへたり込みました。そこへ若い警官がやってきました。彼は事故の状況を説明すると共に運転手は既に警察署内で取り調べを受けていることなどを告げました。

「トラックの前に突然、飛び出したということです。それについては目撃証言もあります……」

彼は言下に原因は妻にあると匂わせていましたが、私にはそれに抗弁する気力がありませんでした。取り敢えず簡単な質問に答えると、警官はまた明日来ますと言って去っていきました。

その時、ナカノさんの姿がエントランスのガラス越しに見えました。既にそこは鍵が閉じられているのですが、彼女は気づいていないようでした。

私は彼女の目に留まる場所へと近づき、裏口に回るようにジェスチャーをしました。するとナカノさんは黙って私を見つめ、携帯を出したのです。

『どうですか？』

「医師からは予断を許さないと言われました。もう何をどうして良いか……」私はそう呟き、手近の椅子に座り込んでしまいました。「とにかく命の瀬戸際なんです」

〈くぁっ〉と聞こえました。が、すぐにそれは低い呻きのようなものから押し殺した声に変わったのです。

ナカノさんも泣いてくれているんだと思いました。

私は顔をあげ、ガラス越しに彼女を見やりました。

正面にナカノさんはいました。彼女は笑っていたのです。

とっさに理解できず、戸惑っていると私の耳にナカノさんの声が流れ込んできました。

『良かったあ。あんたらが絵に描いたような幸せ家族なんでこっちは苛々していたのよ。目障りで目障りで……』

「もしもし？　何を仰っている……」

『早く不幸になればいいと祈っていたということ』

「え？」

『まいにちまいにちまいにち、こっちは壁一枚隔てて呪っていたんだ。なんとか不幸になりますように。おまえらの一家が泥に落ちたケーキのようにどうしようもなくなりますようにって……。とにかく気に入らなかったんだよ。あんたらの薄っぺらい幸せっぷりが。あんなせこいマンションに住んで、たいした金もなく、娘だって特別美人なわけでもないし、あんただって二流三流のサラリーマンだ。幸せなはずがないんだよ。その嘘臭さが鼻について鼻について仕方がなかったんだ』

「本気ですか？　あんた、本気で言ってるのか！」

『嬉しかったねぇ。娘がお煎餅になったって聞いた時は、胸のつかえが、すーっと消えてさ。あたし、通夜の晩、あんたんとこを手伝うふりをしながら何度、笑いを堪えるのに苦労したことか……』

私は黙ってガラスの向こうで嬉々とした表情を浮かべる女を見つめました、いま、この期に及んでも信じられなかったのです。しかし、相手の表情には我々への憎しみと蔑みがはっきりと浮かんでいました。

『でもね、またあんたらは何だか頑張って乗り越えようみたいな感じになってきた。だから、私はカミさんをそそのかすことに決めたんだ。あんたの居ないあいだに幽霊だの恨みだの地獄だの、怨霊だのを吹き込んで、あの真っ正直な女の中身を引っかき回し、揺さぶり、引きちぎってやったのさ。あの馬鹿、あんた同様、全く人を疑わないんだもの。楽勝だったよ』

そう言うとナカノはおかしくて堪らないというように笑い始めました。

私は立ち上がると彼女の真正面に立ちました。

自分がなんて醜い人間なのかということを気づかせてやろうと思ったのです。

しかし、ナカノの顔にはやましげなものが一片も浮いていないのです。そのことに私は驚きました。まるで私たちを不幸にするのは自分の権利だとでも思っているような人間の顔でした。

「あんた、最低だ」私は呻くように言いました。

その時、背後で名前が呼ばれました。

振り返ると切迫した表情の看護師が居ます。

『ああ、面白かった』ナカノの笑い声が聞こえました。

私は携帯を切ると看護師の許へと駆け寄りました。

手術室のドアが開いており、私はなかに招き入れられました。

妻はとても酷い状態で横たわっていました。

両足は膝から下が傍のトレーの上に切り離されて置いてありました。頭にはシャワーキャップのような大きな包帯がはまり、顔はお月様のように腫れています。

「声をかけてあげてください」看護師がそっと呟きました。

医師を見ると厳しい顔で頷きました。

「香織……」

そう言うと妻の瞼がぴくぴくと動き、目がうっすらと開きました。

看護師が妻の酸素マスクを外します。

「あなた……」そう呟いた妻の目から涙が溢れました。「ごめんなさいね」

「早くよくなれ……家に帰ろう」

私は妻の手を求めましたが、こちら側にはありませんでした。看護師が反対側の手を私に掴ませてくれました。人差し指と中指がありませんでした。

妻の唇がぶるぶると痙攣し、天井を見つめ、次に私を見ました。

「あの子、来てるわ……」

そこで手の力がふわっと抜け、モニターが警告音を発しました。

私は再び、手術室の外に出されました。

それから五分と経たず妻は逝きました。

6

私は妻の遺体が霊安室に運び込まれるのを見届けるとマンションへ戻りました。

ナカノの部屋は電気が消えていました。

何度、チャイムを押しても返事がなく、携帯も留守録になってしまいました。

私は部屋に戻りました。

並べてある鏡を見つめ、妻の寝跡が残っているベッドを見つめていると突然、哀しくて堪らなくなりました。

私は洋酒の瓶を摑むとスクラップの前に行き、妻の座っていた位置にへたり込みました。

そしてさして飲めもしないのに栓を抜くと酒を呷(あお)ったのです。

私は妻の心情を理解していなかったのです。少なくとも彼女の目から見ることはしなかった。もしかするとそちら側から見れば本当に沙耶にも逢えたのかもしれないのです。

私はめそめそ情けなく酔いながら、いつしか寝入ったのです。

〈ぱきっ、めきっ〉

という鉄の爆(は)ぜるような音で目が覚めました。やがてそれに猫が爪を立てているような音が混じると突然、大きな金属の曲がる音が連続したのです。

スクラップ全体が煮え立つように震え、動いていました。

ハッチバックの凹みがまるで内側から空気を入れられたかのように膨らみ、蛇腹になっていたフロントフェンダーが延び、窓枠が立ち上がり、めくれているルーフ部分が蓋をされていきました。細かな修復が見えない箇所でも一斉に行われていくようで落ちていたフロントバンパーが浮き上がり所定の場所にはまります。ボンネットが盛り上がり、車内で潰れていたシートが立ち上がり、ハンドルの前に戻ります。音符のように曲がっていたワイパーが直線の棒になり、タイヤハウスができつつありました。ラジエーターグリルが戻ると突然、キュルキュルとエンジンを始動する回転音が始まりました。真ん中の杭だけが残っていたステアリングが復活し、ウィンクしたように潰れていたライト枠が円になるとガラスの破片が集合し、ヘッドライトになり、その横にはスモールランプが点きました。

私は言葉を失っていました。

錆色の車体はほぼ原型を取り戻してしまっていたのです。

と、一瞬、車体が大きく震えたかと思うとフロントガラス、リアガラスが水の膜のように貼り付き、続いて油が全面を覆い尽くすようにどろりとスクラップの周辺から液体が溢れ出し、一瞬にして塗装が復活しました。

眩いほどのヘッドライトが点灯し、ぶるんと軽快なエンジン音が生まれました。

私が光に戸惑い、手をかざしていると運転席と助手席に人影が見えました。

妻と娘でした。

ふたりはとても元気そうに笑っていました。

まるで初の長距離ドライブを待ちきれないといった感じなのです。

私は思わず立ち上がると助手席の窓を叩きました。

「待て！　待ってくれ！」

音に気づいた妻と娘はにっこり私に笑いかけると軽く会釈をしました。

妻の膝にはピクニックの度に使っていたお弁当の籠が載っています。

「待て！　俺を置いていくな！　連れてってくれ！」

私は叫びました。

ふたりは優しく私に手を振りました。と、次の瞬間、車は発進し、ナカノと我が家との境である壁へと飲み込まれていきました。

私は廊下に飛び出すと彼らが向かった方へ駆け出しました。

するとナカノの部屋のなかでヘッドライトが乱舞するのが窓の隙間から見えたのです。

車は寝ている何かを散々、轢き回しているようでした。

物凄い悲鳴が響くと外壁から光の玉が一直線に虚空へと飛んでいきました。

唐突に周囲は静寂に包まれたのです。

私はその場でへなへなと腰を下ろしてしまいました。

「ちくしょう……行ってしまいやがって」

記憶はそこで途切れたのです。

気がつくと辺りは明るくなってきていました。

私は酔いと寒気で震える身体をとりまとめ立ち上がろうとしました。

頭はぼーっと霞がかかったようでした。

キーッと音がし、ナカノ家のドアが細めに開くとボンと西瓜のような物が放り出され、私の足下に転がってきました。

ナカノでした。彼女は耳を地べたにつけ、苦悶の形相で私を睨みつけていました。

絶句し、凍り付いていると、さらに腕や脚が放り出されたのです。

そんな私の気配を察したのか、ドアが大きく開くと髭だらけで蓬髪の男がのっそりと顔を覗かせました。右手には鉈が握られており、肘まで真っ赤に染まっていました。

「どうも……」

男は思ったよりも幼い声でそう呟くとドアを閉め、鍵をかけたのです。

私はよろよろと立ち上がると部屋に戻り、通報しました。

7

ナカノは息子によって殺害されたとのことでした。

幼い頃からの精神的虐待により、長年、引きこもり状態にあった息子は昨夜、突然、何かに駆られるように母親への歪で暴力的な抵抗を試みたのです。

部屋に戻るとスクラップは元の場所にありました。

私はふと部屋中の鏡を片付けようとして手を止めた自分に気づきました。

——空虚な社会人として終えるか、充実した狂人として終えるか……。

そのことをよく考えてみたいと思ったのです。

私は娘の服と妻の服を持ってくると取り敢えず鏡に反射する位置にぶら下げることから始めてみることに致しました。

箸魔

1

「畜生、このスベタめ、五ヶ所も嚙みつきやがった」

玄翁がシャツの袖を捲り上げ、忌々しそうに唾を床へ吐いた。肘から手首に掛けてU字形に抉れた歯形が散らかっている。

「殴ったんじゃないだろうな」

「莫迦いえ。あんな外道相手に勿体なくてそんなことができるか？　階段から突き落としてやったよ」

「そんなことを検察の前でちらっとでも臭わせてみろ。おまえが臭い飯を喰うことになるぞ」

「俺は言わねえし、あいつは言えねえよ」

咥え煙草の灰を床に落とすと玄翁はシンクの隅にあるキッチンペーパーを二、三枚引き毟り、ウィングチップの靴をそれで拭った。赤黒い汚れが付着する。

「伊勢丹で三万もしたのによ。まだ新なんだぜ」

溜息をついて俺が首を振ると玄翁は鼻歌を唄い始めながらキッチンを出て行った。

「まだ時間がかかるんでしょうな」

青白い顔をした男が薄笑いを浮かべた。自分の女房が目の前で死んだというのに、こいつは椅子の脚がギシギシ音を立てるほうが気になるようだった。

「あと二十分ほどだろう。あんたらがこんな山奥にいなけりゃケリはもっと早くついたんだ」

「でしょうな」

男は俺が殴りつけた左顎の辺りを手錠を着けたままで撫でさすっていた。歳は四十手前、中肉中背、目立った特徴無し、繁華街の交差点やデパートの地下食料品売り場に行けば一瞬で人混みに紛れてしまう無印の男。

俺と玄翁がこのコテージに飛び込んだとき、奴らは丁度、夕食を終えたばかりだった。玄翁は逃げた女房を追って二階に駆け上った。俺は〈一応、やってみました〉と形ばかりの抵抗を見せた男の顔面に右フックを叩き込むと床にへたり込んだ奴の顳顬にS&W M36の銃口を押しつけた。派手な音をさせ、女が階段を転げ落ち、玄翁がその胸に銃弾をぶち込む音が響いた。

〈あ〉

それを見た亭主であるはずの男が発したのは、たったそれだけ。ふたりで三人もの子供を殺した仲間である女房の死を目の当たりにした反応がそれだけだった。

「包丁を握らせた方が良いでしょう。その方が射殺の動機がはっきりしますよ」

男の言葉に俺と玄翁は顔を見合わせた。

「わたしは喋ったりしませんから……どうぞ」

〈薄ッ気味の悪い野郎だ〉

玄翁は俺にそう囁くと最前の通り靴を拭い、「俺が誘導する」と玄関を出て、応援を待った。

俺はなるべくテーブルを見ないようにしながら男と距離を取って椅子に腰掛けた。手錠をされた奴は腰縄で椅子の背に括られている、立ち向かって来たところで手こずるようなことはないと判断した。

壁の丸時計の秒針が、チッチッと鳴っていた。

「刑事さん。さぞ、わたしたちが狂ってるとお思いでしょうね」

男が俺を見た。顔はニヤついたまま、目が照明の加減か、青く見えた。

「そんなことで言質を取ったことにはならんぞ。おまえは自分の犯したことを理解している。正常だよ。死刑だ。充分に狂ってるがな」

「狂っているが、正常。正常だが、狂っている……」

奴は俺の言葉を飴玉のように口の中で何度もくり返し、転がしていた。

俺は携帯にまた着信が入ってるのを見、折り返した。留守電のメッセージだった。

〈お預かりしているメッセージは三件です……〉

俺は携帯を切り、履歴を確認する。娘の詩織から延々と着信していた。今日は十三回目の誕生日を祝う日であり、一緒にホラー映画を観に行く約束をしていた。詩織は六年前に別れた女房と暮らしているが、二年前に女房が再婚してから新しい父親とソリが合わず、絶えずゴタつき、俺の元に避難するように度々やってくるようになった。今夜、遅くなると思った俺は彼女に劇場ではなく、アパートで帰りを待つように話したのだが、電話口で酷く不機嫌になった彼女は〈パパもあいつと一緒だ！〉と毒づくと話の途中で切ってしまった。

俺は玄翁と署で待ち合わせるとそのままここに来た。当初は奴らの行動を監視する目的だったが、中を覗いてみてそれは変わった。

奴らは食事の真っ最中であり、玄翁は予想はしていたがそれでも目にしたものが信じられないといった風で何度も呼吸を整えようと大きく喘いでいた。

「大丈夫か？　応援を待った方が良くはないか」

「いや。早く片を付けちまおう。こんなクソどもをこれ以上眺めてるなんてことはできっこねえ」

2

「それ……なんだと思います？」

男は不意にテーブルの上を顎でしゃくった。

「子供の一部だろう。おまえには鶏肉か何かに見えるんだろうが」

「はは。そうじゃありませんよ。皿の上じゃなく、その横にあるものです」

奇妙な、というよりも、極めてグロテスクなテーブルだった。大きめのテーブルの真ん中を刳り貫いたものだったが、異様に脚が長いので天板が立っている人間の胸元まである。それに合わせるように椅子も高い。テーブルの下には鉄格子の籠が組まれ、中で座れるようになっている――現に少女がひとり座っていた――つまり、檻付きのテーブルというわけだった。少女は鼻から上を隠れん坊しているように覗かせていたが、眉間から上が人相がわからないほど激しく破壊されていた。

男は皿の横に転がった鉛筆よりもやや短めに思える二本の棒を眺めていた。先が赤く濡れ、白い骨のように見える。

「箸かな。箸にしてはいやに短いが」

「箸ですよ。でも、箸じゃないんです」

俺は溜息をつくと首を振った。携帯を取り上げるとメッセージを確認する。

〈あたし、ひとりで行くから〉娘の声が続き、次いで機械的な女の声が吹き込まれた時刻を告げた。俺は一件目を消去した。

と、男が再び、何かを呟いた。俺は携帯を切った。

「なんだ?」

「それはね、鍵なんです。箸だけれど箸じゃない。鍵」

「何の鍵だ」

男は口を拡げると舌をだらりと垂らした。無精髭が浮き、肉の寄った顎から伸びたそれは妙に血色が良く生々しく見えた。

「ここの鍵です」充分、見せつけてやったと思ったのだろう、男は満足げに舌をしまった。

「わけがわからん」

「難しい話じゃありませんよ。その箸を使うと何でもとびきり旨(うま)くなるんです」

「ああ……そうかい」

「絶品ですよ」男は俺がさして話に乗ってこないのが不服といった様子で言い足した。

「明代(みんだい)の皇帝が使っていたそうなんです。いや、使わされていたと言った方が良いでしょう」

俺は男が駄法螺(だぼら)で気を逸(そ)らしつつ逃げ出す算段でもしているのじゃないかと、奴の背後に回った。

「ほんとなんです。とんでもない美食家で、不味(まず)い物を出すと直(ただ)ちに料理人を殺してしまうので食魔鬼(シーモーグアイ)と渾名(あだな)されたほどで、何しろ古今東西、手に入る美味な物は悉(ことごと)く食べ尽くした感があり、何を供して良いか困り果てた料理人が有名な導師に相談に行き、その結果、拵(こしら)えて貰ったのがそれなんです」

男が俺の反応を窺(うかが)おうと顔を上げた。

俺はテーブルの中心で俯(うつむ)いたまま動かない少女の閉じられた瞼(まぶた)と、血で赤く汚れた頬を目にして胃の辺りが重くなった。

「こちらでいう餓鬼の魂を封じてあるそうなんです。使った者は忽(たちま)ちのうちに舌が異化して、本人ではなく、箸の望むものを食すようになる。私はそれを骨董(こっとう)マニアでもある華僑(かきょう)の老人から譲り受けたのです。勿論、信じちゃいませんでした。値段も大したことはなく、冗談半分に買ったというのが正直なところでした。でも良くできてるでしょう? 表面に意味深な古代文字が彫りつけてあったりして」

確かに箸には赤い染料で何やらが浮かんでいた。俺は先端で小さく干涸びている灰褐色の塊のほうが気になり、目を背けた。

俺は手錠、腰縄に異常のないことを確認すると元の椅子に戻り、携帯のメッセージを確認した。

二件目が再生された。一件目から一時間ほど経ってからの録音だった。

〈映画立ち見だったから止めた……バカ……〉

三件目、二件目より三十分後。

〈これからパパの部屋に行きます〉

そこで玄翁が顔を覗かせたので、俺は携帯を切った。

「いやに時間がかかるな」

うむと頷き、玄翁は女の死体を避けながらキッチンに入ってきた。

「あるとき、使ってみたんですよ。理由なんかありゃしません。ただそこにあったから使った……そういう好奇心ともいえない程度の心もちがそうさせたのです」

男は初めて〈箸〉を使った時のことをそれから語り始めた。

「総毛立つとはあのことでした。いつもの安いランチ定食の豚肉が芳醇なコクと滋味をもって口内に拡がったのです。私は気を失っていました。それはほんの数秒のことでしたが、歓喜のあまり魂が躰(からだ)を離れ、根本から綺麗(きれい)に洗い晒(さら)されて戻ってきたのを感じたのです。それはまさに冒険というに相応(ふさわ)しい体験でした。箸を使った後の私はもう以前の私ではありませんでした。躰の組成が根本から変わってしまった気がしたのです」

　脇にいた玄翁が俺に顎をしゃくり、男から離れようと促(うなが)した。

「奴はなにをくっちゃべってるンだ」

「どうやら、あそこに転がっている箸の秘密を教えているつもりらしい」

「箸？」

「ああ。あいつが座っていたテーブルのところに置いてあるのがそうだ」

「先っちょに子供の脳味噌(のうみそ)がついてるじゃないか」

　玄翁は首を振ると〈わからん〉とひと言呟き、また外に出て行った。

「それから私はいろいろなものをあの箸で食べました。すると今まで食べていたものの味が全て偽物だったのがわかったのです。本来、それら食材に隠されていたエネルギーが全く損(そこ)なわれることなく直截(ちょくせつ)に口中へ飛び込み、爆発するのです。私は夢中になりました」

　俺は手袋を着けると男の箸を手にした。鉛筆ほどの太さで、思った以上に軽い。四角く削った面の全てに象形文字のようなものが刻まれていた。

「人の骨でできているそうです。それも決まった生まれ月日の、何の罪も犯していない母親を土に埋め、水だけ与えて飢えさせる。限界まで飢えたところでその母親の子供を屠(ほふ)り、四肢を解体し、肉を目前に置くのだそうです。そのまま自殺したり、頓死(とんし)したりした者は材料にはなりません。母親の情が飢餓に負け、我が子の腐肉でさえ食らいつこうという女の頸を落とし、その死骸の骨が使われるのだそうです」

俺は箸を置いた。テーブル中央から頭頂部だけを覗かせている子供の脳に既に蠅がたかり始めていた。雑に打ち砕かれた頭蓋骨が口を開け、血で濡れた髪がところどころ凝固し、無理矢理こじ開けられた雲丹を思わせた。

脳が掛け回された生醬油で黒く汚れていた。

「しかし、人間というのは浅ましいものです。そこまで感動し、打ち震えていたにもかかわらず……」

男はそこで一度言葉を切ると、俺を見つめた。

何の感情も読み取れない爬虫類のような目だった。

「闇のようなどろりとした〈飽き〉がやってきたのです」

ふふふと苦笑し、手錠のはまった両手で顔をぐるりと拭うような仕草をした。

「皮肉なものです。あれほど横溢していた滋味も美味も一旦、違和感を覚え始めると、もう以前のようではないのです。舌が特別製なだけに、それはもう残酷なほどはっきりとしていました」

男は〈飽き〉から逃れようと文字通り〈死に物狂い〉になった。

「とにかく今まで口にしたことのないようなものであれば、どんな遠方にだって足を延ばしましたし、海外にも行きました。珍味はもちろんのことゲテモノ料理といわれるものまで口にしたのです」

しかし、箸は以前のように期待に応える美味を彼に与えようとはしなかった。

「一度は便も試してみました。笑わないでください。わらにもすがる思いだったのです。しかし、便は便でした。絶望でした。そのとき……」

男は顔を上げると倒れている女に目をやった。

「酒場で飲み惚けては男と連れだって出て行き、また小一時間ほどすると舞い戻るをくり返していた彼女と出会ったのです。当初、変態の繰り言だと嘲笑っていた彼女でしたが、私が箸を使わせるとたった一度で全てを理解し、私以上の虜になりました。思うに男よりも女の方が囚われ方が急激であるようでした。彼女は絶望している私にある提案をしました。どうせならもっと究極的に食べられないものを試そうと。暫くすると彼女は私に少なくない金を用意するように告げ、それを持ってどこからか小さな箱を持って帰ってきたのです。それは駅弁ほどの大きさのタッパーでした。蓋を開けると堕胎されたばかりの……」

「おい、ちょっと待て。おまえがそこでいくら与太を飛ばしても」

俺は男の言葉を途中で遮った。耳が汚れるような気がしてうんざりしたというのが正直なところだった。

男は〈くくっ〉と喉の奥で押し殺すように笑うと、そんなことは承知の上だとでも言いたげに、何度も頷いた。

俺は再び、携帯のメッセージを確認することにした。

〈ただいま四件の伝言をお預かりしています。新しい伝言、一件目、今日の午後……〉

「ぐはっ！」

突然、男は大声を上げると身を前に屈めた。

「なんだ！　大人しくしろ」

男は嗤いを噛み殺していた。

歯の間から声が漏れる。

俺は携帯の呟きが聞こえたので、もう一度、耳に当て再生させた。すると彼女の啜り泣く声がした。

〈パパ、死なないで！　あたし行くから！　頑張って。お願い！　いま、仲間の人と病院に向かってるから……。ママにも連絡したわ！〉

俺は咄嗟に娘の携帯に折り返した。しかし、留守電になってしまった。次いで別れた女房にも電話をしたが、こちらも繋がらなかった。

「絶品でした。でも、それでも私たちは味の探求を止めませんでした。そして遂に辿り着いたのが……それなんです」

男はテーブルの少女に顎をしゃくった。

「脂質六十パーセント、蛋白質四十パーセント、脂質にはＤＨＡが二十五パーセントも含まれているそうです。コクとプリプリした食感は至高の食べ物と呼ぶに相応しい……」

俺は署に連絡し、手の空いている人間をアパートに向かわせた。

「それでもただ茫洋と食べることはしたくなかった。何しろ今度の食材は簡単に次から次へと手に入れられるものではありませんからね。無駄にするわけにはいかなかったのです。それで私は人の料理について書かれている文献であれば古今東西、多寡にかかわらず濫読しました。すると味は、〈頭中に血を凝集せしめたるによりて馥郁たる香味、滲出す〉とあったのです」

「玄翁！」

　俺の声に奴が顔を覗かせた。

「娘と——詩織と連絡が取れない。応援はまだか」

「まだだ、さほどかからんとは思うが」

　玄翁は腕時計を一瞥し、「参ったな」と呟いた。

「最も簡単な方法は殴ることなんです。勿論、生きたまま、意識のある間に行わなくちゃなりません。そうすると痛みと怒りで脳が充血するんです」

「こいつ、なにを言ってるんだ」

「旨い脳味噌の食べ方を我々に開陳してくださってるんだよ」

「化け物め」

　テーブルを見遣った玄翁が男の顔に唾を吐きかけた。

「ですが、それだけではまだ不充分なのです。他の文献では耳、鼻を削ぎ、最後には目玉を抉り出すが良しとありました。私たちは最初のお子さんから試させて頂いたのです。ご存じでしょう……」

「ああ。おまえらは大した変態だ。いいか、必ずそれを判事の前でも言うんだ。そうすりゃ、十年もかからず縛り首にして貰える」

今にも殴りつけそうな剣幕で玄翁は男の肩を激しく前後に揺すった。

「よせ。奴に有利になるようなことをするな。それでなくても、ひとり撃ってる」

「子供に手を出す奴が、一番許せねえんだ」

俺は玄翁を再び外に送り出すと男の元に戻った。

「御託(ごたく)はもうたくさんだ。少し黙っていろ。そのうち自分でもうんざりするほどくり返させられるんだ。それまで待ってろ」

「もう終わります。ここを聴いて欲しいんですよ。私たちは〈酒〉を独自に考案したんです。〈酒〉といってもそんじょそこらで売っているものとはわけが違いましてね。強烈な麻酔成分と香味をブレンドしているんです。漢方とスパイスを勉強しましてね。作ってみたんですよ。するとそれによって脳の味が格段と良くなった。それに最初のひと口を飲ませた時から本人も酩酊状態になりましてね。多分に麻酔成分のおかげだと思うんですが、私たちがハンマーとペンチで頭蓋骨を割り砕いている間も笑ったり、時にはしゃべったり、唄ったりもするんです。思わぬ副作用に私たちは嬉しくなりました。ところがまたぞろ人間の欲の問題が出てきたんです」

俺は再び、娘と別れた女房に電話をかけた――が、留守電になってしまっていた。

「くそ。いったいどうなってるんだ」

「少なすぎたんですね。あれとは、いつもそのことで厭(いや)な思いをしました。御覧のように常に使用しているお子さんは小さいものですから、私とあれとで取り分けるには量が不充分だったのです。いつも舌鼓を打ち始めた頃には終わっているのですから、その寂しさはやりきれたものではありませんでした。だからといって二人同時に次々と消費するわけにもいきません。片方は生かしておく必要上、騒ぎ立てるでしょうし、そうなればゆっくり食事に専念することもできないのです。ですから、私たちは量の嵩あげを計画しました。但し成人に興味はありませんでした。彼らは飲酒、喫煙を始めとして汚染されていることはわかりきっていましたから、食べる気などさらさらありません。ですから、私たちはもう少し上の、十代の子を狙うことにしました。詩織さん、良い娘さんでしたよ。実にお父さん思いだ」

その瞬間、全身に電流が走った。

「あなたがたは、まんまと私たちに気づかれず追跡していたとそう思ってらした。私たちは逆に黒っぽい男ふたりがギクシャクと脈絡もない動きをしながら後をつけてくるのに前からピンと来ていたのです。普通なら、その時点で止めるか逃げるかすべきでしょう。しかし、箸がそうはさせないのです。箸に棲む何かが私たちにそれを許さなかったのです。アパートの玄関で〈お父さんが犯人に撃たれた、病院に行こう〉と言うと、私とあれが提示したのがドラマで使う小道具の警察手帳であったにもかかわらず、車に飛び乗ってきました」

「なにを言ってるんだ……貴様」

俺は男の胸ぐらを掴むと引き立てた。

「なにを言ってる!」

「詩織さん、なかなか面白い娘さんでしたよ。彼女は勇敢だし、好奇心も旺盛だ。私たちはすぐに彼女が大好きになりました」

俺は男をキッチンの壁に投げつけた。

「詩織はどこだ！」

俺は男の顔面を殴りつけた。

「どうしたんだ！」

飛び込んできた玄翁が俺と男の間に割って入った。

「なにをしてる、遊佐（ゆさ）！」

「こいつ、俺の娘に手を出しやがった」

「なに――」

「仲間を騙（かた）って、詩織を俺のアパートから連れ出しやがったんだ」

「本当か？」

「私は人殺しですが、嘘（うそ）つきではありません」

俺はもう一度、男に突進すると殴りつけた。

玄翁が男の躰へ覆い被さるようにして叫んだ。

「よせ！　こいつはおまえを怒らせて裁判を有利にしようとしているだけだ。やめろ！」

「写真があります。私、趣味がポラロイドなんです。居間にある机の抽斗（ひきだし）を探して御覧なさい」

俺はキッチンを飛び出すと居間の机の抽斗を全部開けた。すると男の言うようにポラロイドが数枚しまってあった。俺がそれらに手を伸ばそうとすると携帯が鳴った。

別れた女房からだった。

『もしもし。今日、逢えなかったそうね。詩織、もう絶対にあなたと約束しないって怒ってたわよ』

「詩織はどこだ――」

キッチンから出てきた玄翁が横に立ち、俺の代わりにポラロイドを調べ始めた。

『どうしたの？　あなたが怒ることないじゃない』

「わけは後で話す！　詩織は、そこにいるのか？」

玄翁がキッチンへ駆け戻っていった。

『いるわよ。いま、シャワーを浴びてるわ』

全身の力が抜け、緊張が緩んだ。その瞬間、キッチンから怒号がした。

「かけ直す」

俺は携帯を切るとキッチンに駆け戻った。

玄翁が馬乗りになって男を滅茶苦茶に殴っていた。男が座っていた椅子はバラバラに壊れていた。

「よせ！　詩織は無事だった！　家にいたんだ！」

俺は玄翁の腕を掴み、制止しようとした。が、物凄い力で振り払われ、壁に激突した。脇腹にテーブルの脚が当たり、厭な音がした。玄翁は尚も海老のように躰を丸めた男を殴り続けた。

「やめろ！」

俺は玄翁にタックルをし、俺たちは反対側の壁へと転がった。

「畜生！」玄翁は断末魔のような声を上げた。「俺の娘だ！　恵美(えみ)だ！」

「なんだと？」

「それは恵美だ」

玄翁は小学校六年になる娘の名を叫ぶとバラバラになった椅子の傍にあるポラロイドを指差した。

「俺のむ、す、め、だぁ！」

俺が拾い上げると猿ぐつわをされ真っ赤に泣き腫らした目でカメラを睨(にら)む少女の顔があった。

「このばけものめ！」

玄翁は男の頸に手を掛けると思い切り絞(し)め始めた。

「やめろ！　玄翁！」

俺は再び、玄翁と男の間に割って入り、玄翁を押さえつけた。

と、その瞬間、後頭部に衝撃が走り、目の前が真っ暗になった。

3

気がつくと男がテーブルに座っていた。

立ち上がろうとすると鉛管に手錠で繋がれていることに気づいた。

目の前の床には玄翁がこちらを向いて倒れていた。目が開いたまま、顔の下には血溜(だ)まりができていた。

「ふたりは厄介ですからね。死んで貰いました」

男はテーブルの上にある拳銃を掲げて見せた。

「嘘をついたんだな」

「嘘なんかつきません。私は詩織ちゃんの写真があると言っただけで、他の人間の写真が混ざってないとは言ってません」

「あれは詩織じゃない！　玄翁の娘だ」

「ええ。知ってますよ。詩織ちゃんが教えてくれました。お父さん同様、ふたりも仲良しだったようですね」

するとサイレンの近づく音がした。

「あ、ようやく来ましたね。最近の警察っていうのは悠長なもんですね」

「貴様、何故(なぜ)逃げなかったんだ」

「逃げる？」

男は、けらけらとさもおかしくて堪(たま)らないという風に笑った。

「私にはこの箸での食事が全てなんですよ。今更、逃げ出してどうしますか」

「どういう意味だ」

「まだ食事が終わってませんから。多少、冷めてしまったでしょうけれど。味はいけるはずです」

そう言うと男は手にしていた箸を伸ばし、少女の開いた頭蓋骨の中に差し入れ、脳の一部をこじり取った。

殻から身を外す時の濡れた音がした。

男はそれを鼻先に近づけ、臭いを嗅ぐと、舌を伸ばし、包むようにして口にしまった。

「うう……」

低い呻き声をあげると、男はゆっくりと味わうかのように咀嚼した。なかば白目を剝き、忘我の境地といった様子に胸がむかついた。

「あなたもひと口どうです」

「ふざけるな！」

「そうですか。親子とはいえ、えらい違いだ」

「なんだと」

その時、俺のポケットで携帯が鳴った。

「出たらどうです？　私は構いませんよ」

俺は奴を睨みつけながら電話に出た。

『あなたあ、どこぉ』

別れた女房の甘ったれたような声が響いた。

「詩織は無事なんだな」

『さっき、そう言ったじゃないのぉ。変ねえ。ねえ、先にやっちゃってるわよぉ』

「なにをだ」

その時、いつの間にか近づいてきた男が一枚のポラロイドを落とした。

「ちょっとしたイタズラ心ってやつですかね。あれは怒りましたけれど、詩織ちゃんに恵美ちゃんを食べて貰ったんです。そしたら一瞬で変わりましてね。おいしいおいしいって、泣くんです。こんなにおいしくて嬉しくなったのは初めてだったって。聞けば、あの子、いろいろとお父さんとお母さんのことで小さいうちから苦しんでいたんですよね。なんだかそれを聞いているうちに私もあれも可哀想になりましてね。それに私たちよりもずっとおいしそうに夢中になって食べるんです。ですから、おウチに帰してあげることにしたんですよ。ええ」

俺は裏返しになっていたポラロイドを表にした。

箸を手に、口元を血に染めた詩織が微笑んでいた。

『あなたあ、詩織があなたに貰ったっていうお酒をもってきてくれたんだけど。これおいしいわね。久しぶりに家族で会わない？　早く来なさいよ～』

そこで通話は切れた。

「言い忘れてましたが、もともとこの箸はこの長さの倍あったんです。あれにも使えるように半分にしたんですよ。いちいち交代で食べるのは不便ですからね。いまは詩織ちゃんのものですけどね」

男はそう言うとコップの水を飲み、軽くゲップをすると再び、食事の続きに取りかかった。

ふじみのちょんぼ

い

ちょんぼの本名は誰も知らない。ちょんぼも知らない。施設に居た頃には某かの名で呼ばれていた筈だが、ちょんぼはそれを思い出せず、誰が付けたか、チビの癖に抜け目なく、妙にしぶといという意味での〈ちょんぼ〉が、ちょんぼの名になった。そしてちょんぼは、そのまんま〈不死身のちょんぼ〉というリングネームとなった。

「ありゃ。皮がこんなにずる剝けてるのに怪我してねえや。あはは」

右の拳、丁度、とっつぁんが〈肉玄翁〉と呼んでいる人差し指と中指の根元の関節に貼り付いていた皮を、ちょんぼは捲るとタオルで顔を拭いているとっつぁんの禿げ頭に貼り付け、ケタケタ笑った。

「汚えな！　莫迦。それは奴さんの皮だ。おめえんじゃねえ！」

「あ。そっかそっか、あはあは」

「人の面の皮、剝ぎ取っといて、あはあはも無えもんだ。アホ」

「奴だって俺の頭にほれ」ちょんぼは頭に貼り付いた三個の金属の蓋に触れた。「どうやって取んの？　これ」

「後でやるから今はさわんな！　剣山に頭突きする莫迦がいるかよ」

「頭突きしたんじゃねえよ。奴が頭に載っけて肘打ちしてきたんじゃん」

「だからそれを黙ってさせることはねえってんだよ。逃げるか、払うかするだろ！　普通」

「あ、無理。俺、そのフツーってのは駄目」

ちょんぼは大きく膨らんでいる右の手首や血が止めどなく滴っている顔などを手でぬるりぬるりと拭うと、ふんふんと鼻を鳴らし始めた。

「こんな時に鼻歌なんぞこきやがって。わかってんのか？　唇は裂け、歯はあべこべだぁ。鼻なんか真横向いてるぞ。それだけじゃねえ、あちこち金属ナックル喰らいやがって引っかき回したゼリーみたいじゃねえかよ。どうすんだよ！　死んじまうぞ」

「死んだら困る？」

「ああ困るね！　折角の金蔓が死んじまったらお飯の食い上げだっ！」

それを聴くと、ちょんぼは嬉しそうに頷いた。

「とっつぁん、俺がいないと困るんだな。うふうふ」

「ああ！　だから防御をしろよ！　ガードをよっ！　莫迦みたいに相手が疲れるまで殴らせるなんてのは格闘でもなんでもねえ！　ただのリンチだ！　リンチ！　ＳＭだ！」

ちょんぼはまたカッカッと笑ったが、途中で〈エホッ〉と嘔吐き、喉元を掻き毟った。

「ぐぇっ」

とっつぁんと呼ばれる五十がらみの男が慌てた。

「お、おい！　ちょんぼ！　大丈夫か！　おいっ！　おいよ！」

「うごっ！」

大きく咳き込んだ途端、ちょんぼの口から飛び出したものがとっつぁんの禿げ頭にカンッと音を立てて当たり、床に転がった。

「痛っ！　なんだこりゃ？」

床で歯の欠片がくるくる回っていた。

「良かった良かった。俺、叩かれた時、割れた歯を呑んじったんだ。出たなあ出た出た。あはあは」

それを凝っと見つめていたとっつぁんはニッパーを手に立ち上がり、脇で真っ青な顔をしている用心棒に向かい、ちょんぼをヘッドロックするように云った。

「へっどろっくす？」

「ろっくすじゃねえ、ロックだ！　首をこうしてグッと。頭が動かねえように押さえろ」

用心棒は壁際に突っ立ってる仲間が代わりにやってくれねえかと見回したが、誰も目を合わせようとはしない。

「とっつぁん、こいつ血まみれだぁ。真っ赤な土砂降りにあったみてえによぅ」

「当たり前だ！　裸で蛍光灯で殴り合って、剣山やら釘（くぎ）やらでのドッキ合いだ。千人の女に引っ掻かれたってこうはならねえよ。手前（てめえ）らの親分のせいだろうが！　文句云わずにやれ！」

「だって、このスーツ新品（おにゅー）なんす」

「じゃあ脱いでやれよ！　莫迦！」

　半べそを掻きながら男はシャツになるとちょんぼの首を抱えた。もうちょっとそこ、うん。そうでないと首が絞まっちゃうから……などと指示するちょんぼの指から爪が鱗（うろこ）の様に剝がれて用心棒の靴の爪先にはらりと留まり、用心棒の顔が更に白くなる。

「うう……」

「いくぞ、この野郎」

　とっつぁんがニッパーでちょんぼの頭に貼り付いている鉄の蓋の端を掴（つか）むと持ち上げに掛かる。みりみりと音を立て、ずらりと並んだ細かな針がちょんぼの頭の中から姿を見せ出した。

「うごぐうぅぅ」流石（さすが）のちょんぼも歯を食い縛って痛みに耐える。「とっつぁん……ううう……剣山ってのは痛（いて）ぇなあ」

「当たり前だ！　剣山ってのはなあ。花を刺すんだよ！　花をよ！　頭ブッ刺してどうするよ」

　パキリと変な音をさせて一枚、二枚と剝がしていく。ちょんぼの頭皮には正方形に並んだ細かな穴がずらりと密集し、そのひとつひとつから血玉が湧いて、くっつき合ってはぽとぽと流れた。

「うはぁ」三枚目を剝がすと同時に穴の行列から目が離せなくなっていた用心棒が宙を見上げると、白目を剝いてぶっ倒れた。

「おいおい！　なんだ？　なんだ！」

「とっつぁん！　こいつ気絶してます！」

「け。普段、さんざ人をぶっ叩いたり、蹴飛ばしたりしてる癖にだらしのねえ」

と、控え室の前に人影が現れた。白髪を後ろに撫で付け、カシミアのロングコートに身を包んだ恰幅の良い老人が満足そうに立っていた。

「旦那」

とっつぁんが近づこうとすると老人がそれを手で制した。左頬に虎が付けた様な深い刃物の傷がある。

「挨拶だけだ」

「へえ」

老人はパイプ椅子に座っているちょんぼとその足下にある血まみれのポリバケツを交互に見、火の点いた葉巻を挟んだ拳を上げた。

「べすとばうと！」

ちょんぼは立ち上がり、『どうも』と殊勝げに頭を下げた。

「べすとばうと！」

「どうも」

「べすとばうたー！」

「それはどうも」

「べすとばうてすと」

「ああ、それはそれは」

「あい、がっちゅー、えんど、あい、にーじゅう」

「どうぞどうぞ」

「せんきゅ！」

老人は取り巻きと部屋にいた用心棒と共に去って行った。

ふたりきりになった部屋で、とっつぁんは汚れたタオルを二枚取り、一枚をちょんぼに一枚は自分に。手に着いた血脂（ちあぶら）を拭うとちょんぼの軀（からだ）から取り出した剣山やらガラス片やらの入ったポリバケツを摑んだ。

「帰（けえ）るぞ。細かいのは家（ウチ）だ」

ろ

ちょんぼのねぐらは街外れの廃車置き場にあるプレハブの掘っ立て小屋だった。とっつぁんは家族と一緒に少し離れた貧民長屋（スラム）に暮らしていた。とっつぁんはちょんぼの服を脱がせ、ベッドとは名ばかりのビールケースの上に畳を敷いた寝床に彼を置くとエイドボックスからピンセットを取り出した。それから部屋の電球を消し、和蠟燭（わろうそく）に火を点けると片手に摑んで、ちょんぼの背中を照らした。すると軀に残っているガラス片や蛍光灯の欠片、瓶の欠片、小さな釘などが蠟燭の揺れる炎できらきらと星座のように反射する。

　とっつぁんはそれらの頭をピンセットで用心深く摘まむと（入ってきた様に）ソッと引いて外に出す。膨らんだ皮膚の上で摘まれた砂粒の様に光る欠片が引かれると、ふくれっ面が異物を吐く様にずるりと全体が飛び出してくる。ステンレスのボウルに落とすと乾いた音がした。蠟燭がじっじっと灯心を三度ほど鳴らす間にボウルのなかはキラキラ光る破片で埋められていた。

「おめえ、いつまで続けられるかなあ……」

　ピンセットを置いたとっつぁんが、今度は化膿止めの軟膏を日焼け止めローションのようにちょんぼの背中に広げながら、ぽつり呟いた。

「いつまでって……俺は他にできることもねえし。チエ坊のこともあるだろう？」

「莫迦。あはは。ありゃおめえ、ウチの話だ。おまえにゃあ、関係ねえよ」

　慌てた様に、とっつぁんが誤魔化しの苦笑を一発入れる。

　が、ちょんぼはすぐには云い返さない。

　——その混ぜっ返しのなさが逆に二進も三進も行かないふたりの間柄を際立たせた。

　とっつぁんは自分が安心したいがための様に包帯とガーゼをありったけ、ちょんぼの軀に巻き付けると立ち上がった。

「今日は寝ろよ。酒は明日にしろ」

　そう云うと腹の胴巻きから札を摑み出すと指を舐め舐め数え出す。

　ちょんぼは興味なげにその様子を眺めながら流石に痛むのか軀を動かす度に顔を顰め、唸った。

「ほれ。少ねえけど。今夜の分だ」

ちょんぼは二十枚ほどの札を受け取ったが、半分ほどをとっつぁんの手に押し戻した。

「なんだよ?」

「多いよ」

「多かねえ。戦ったのはおめえだ」

「要らないよ。物入りな方が取っとくもんだよ」

「だっておめえ、それじゃあ……」

「良いんだよ。俺はひとりなんだ。とっつぁんは六人だろ。ひとりは病で薬代が嵩む」

「すまねえな」とっつぁんは札に軽い会釈をしてから胴巻きに戻す。「次は三日後だ。怪我の程度によっちゃ日延べしてくれるよう旦那に頼むから」

「大丈夫だよ」

ちょんぼが寝たまま手を振ると、とっつぁんはドアを閉めて出て行った。

足音が遠ざかったのを確認すると、ちょんぼはむっくりと起き上がり漫画や雑誌を突っ込んである木箱へと痛みを堪えながら文字通り這う様にして近づくと中から一冊の本を取り出した。大判で一見して絵本とわかるものだったが随分と古びて角は丸く、『えご』と黒字で書かれたタイトル以外は真っ白だった。表紙カバーは破れをセロテープで貼り回した御陰でフランケンシュタインの怪物の様にズタボロだった。ちょんぼはそれを抱えて嬉しそうにベッドに戻ると、仰向けになり「ただいま……」そう呟くと頁を捲った――。

するとすぐに、ちょんぼは何度も読んだ冒頭の文章に触れながら、本の世界に引きずり込まれる〈力〉を全身に感じた。それは目を通じてちょんぼの全身を内側から掴み、何処からか飛び降りた様な墜落感を伴っていた。フッと気が遠くなると目の前には〈あるけれど、見つめてしまうと透けてしまう〉頼りないけれども確りした手触りのある世界が広がっていた。夕暮れの街、木の電柱が並び、子供達の声がしていた。気がつくとちょんぼは団地の一室を開け、なかにいる。夕食の匂いがした。今日はカレーだ。『おかえり』と云う優しい言葉に自分は守られているんだ、何も心配しなくて良いんだという安心感が心地好く全身に広がった。ちゃぶ台には妹が既に座り、テレビを眺めていた。ちょんぼが回転式のチャンネルを捻って野球に替えようとすると『だめ！』と声を上げる。すると背後から『お兄ちゃんでしょ。×◎の見たいものにしてお上げなさい』と母の声が掛かった。

部屋は狭かったが清潔で掃除が行き届いていた。壁には自分が獲った賞状が飾られていた。自分は絵が得意なんだとそれを見てわかる。その夜はやっぱりカレーだった。『とうさんは今日も遅いわね』壁の柱時計を見て母が云う。二度もお代わりをすると母が『お兄ちゃんは相変わらず、食いしん坊ね』と笑った。食事を終えたちょんぼは風呂に入る。軀がひりひりちくちくと痛んだが、やがてそれは消えた。部屋に戻ると母が手招きし、髪を拭き、軀を拭いてくれた。ちょんぼは自分が十歳ぐらいだと実感している。母は自分の膝をぽんぽんと叩くとちょんぼに頭を載せさせ耳かきをしてくれた。母からは化粧と洗い立ての服の良い匂いがした。『頑張りなさいね。頑張って頑張って疲れたら、また戻ってきなさいね』
　自分の頭を優しく撫でる母の声がし、ちょんぼはそのまま深い眠りについた――。

　二日後、ちょんぼはそろそろ陽も暮れかかる街を彷徨いていた。別にすることもない彼はゴミ溜めを逆さにした様な汚れた路地を右から左へ北から南へとあてどなく歩き、三人の女を殴っている男とふたりの女に殴られている男を見物し、その後、八百屋でオレンジと林檎を買うことに決めた。店に行くと顔見知りの亭主がうんざりした顔で店先の果物にホースで水を掛けていた。

「どうしたの？」

「どうもこうもねえよ。俺がちょっと奥で休憩してる間に糞がバナナとオレンジの上にひってあったのよ」

　店主は首を振りながら吐き捨てるように云った。

「凄いなあ。よくそんなところでできるもんだよ」

「先週は立ったまんまパイナップルをふたつも平らげた莫迦がいたし。もうこんな所はうんざりだよ。通りに出てって誰でも彼でも包丁でブッ刺してやりたい気分だ」

「じゃあ、オレンジ買うよ」

　ちょんぼが云うと店主は驚いた様に「ほんとか？」と訊いた。

「ああ。運が付くってだろ」

「さすがはちょんぼだ。おとついは凄かったんだってな。客席にまでガラスの破片や蛍光灯の折れたのが降ってきたらしいじゃねえか……あれ？　おまえ、怪我は？……してねえのか？」

「したよ。ざっくざくのじゃっくじゃく」

「にしても……かすり傷にしか見えねえぜ……確か乾物屋のフォギーの話じゃ、頭に剣山がぶっ刺さって、背中なんかポン中の描いた道路地図みたいになってたそうだが……」

「寝たら良くなったんだ」

「寝たらって、おめえは……」

店主は何度も首を傾げながら品物を詰めた紙袋をちょんぼに渡しながら苦笑気味に、

「さすがは不死身のちょんぼだな」

「げししし」

ちょんぼは頭を掻くとその場を離れた。

その後、行きつけの定食屋〈むしょ〉に顔を出すとおかみが注文も聞かず「ちょんぼ〜ぶっだん〜」と厨房に声を掛け、なかから「へぇ〜い」という返事がした。

おかみはちょんぼの居るガタつくテーブルを拭きに来ると「あんた……隅に置けねえな」とニヤニヤした。

「え？　俺はいつも隅っこだよ」

「阿呆。そんなんじゃないよ。あれ」おかみが奥にあるテーブルを指差した。ちょんぼがおかみの肩越しに覗くと長い髪の若い女がこっちを見つめているのがわかった。デパートのショーウィンドーに飾っても良い様な女だなあと、ちょんぼは思い、怖くなった。ちょんぼは昔から好きなタイプの女を見るとなんだか無性に怖くなるのだった。

「あんなタレなんか付けて。良い様くれだねえ、あんた。レコかい？　それともカキタレ？」

「何云ってんのかわかんねえけど、たぶん全部違うよ」

おかみはひゃっひゃっと笑いながら離れていく。

ちょんぼは凝っと自分を見ている女に全く見覚えはなかった。ただ云えることは絶対に怒ってるということだ。

ちょんぼはなるべく女と目を合わせない様、テーブルの染みを見つめたり、指紋の数を数えたりした。やがて目の前に『仏壇定食』と呼ばれるお供えの様に飯を高々と盛ったご飯と豚汁、鮭の塩焼きが載ったトレーが置かれた。

「呼んできてやろうか？　もう小一時間もあんたを待ってんだよ。名指しで」

「ううう。いいよ、いいよ。俺、あんな人知んねえもん」

ちょんぼは大急ぎで腹を塞ごうと飯を掻っ込み始めた。

『おにいちゃん』

不意に声がすると向かいに座った女が顔をくっつけるように近づけていた。

「う゛ぉ゛っ」

ちょんぼは軽くのけぞると軀を斜に向け、横目で相手を見た。

「な、なんすか？」

すると女はえくぼをフッと浮かべ、次に鼻を指で押して豚っ鼻にすると『こう〜らく〜えん

〜』とひしゃげた声で云った。

ちょんぼは女を黙って見つめていた。

指を離した女はちょんぼが固まっているので「ちょっと、やだ……わかんないの？」と顔を赤らめた。

と次の瞬間、「おめえ……サヲ？　イモヂサヲ？」

女はパッと花が咲いた様になり、うんうんと頷いた。

「うわっ！　懐かしいなあ！　何やってんだおまえ！　こんなとこで」

「おにいちゃんに逢いに来たんじゃん！」

「うへぇ！　ほんとにぃ？　莫迦みてぇ！」

「ほんと！　ほんとよぉ！　莫迦よねぇ！」

あっははははとふたりは子供の様に手を握りながら笑い合い、再会を喜んだ。

は

「そっか先生になってたのか……おまえは頭良かったもんな」

「そんなことないけど。でも子供と関われる仕事に就きたいと思ってたから……」

川の土手に並んで座った、ちょんぼは【妹地沙緒】とある写真付きの小学校の職員カードを眺め、もう一度溜息のように〈すげぇなあ〉と呟いた。

「あたしが先生になったのはね。お兄ちゃんが切っ掛けなんだよ」

「え？　俺？　なんで？」

「だっていつも園であたしを守ってくれたでしょ。あれが凄く嬉しくって。自分も大きくなったら虐められているような子を守ってあげようって、ずっと思ってたの」

「ふうん。おまえ宣教師の家に引き取られたんだよな」

「牧師よ。ドイツ人のね。いい人よ。あたし以外にも、もうふたり養子がいてね」

「俺は最後の最後まで残り物の、どちょんぼっだった……」

「そう」

ふたりは川面を行く幌をまとった汚穢船のぽんぽんという暢気な音を暫く聴いた。

「あ」不意に思い出した様にちょんぼが叫んだ。「おまえ、なんだってこんなとこに居んだ？」

「なによ、いきなり。お店で会ったからでしょ」

「そうじゃねくてよ。そうじゃねえ方のことだよ！　なんでこんなとこにいんだ？　サヲ」

彼女はすぐにはそれに答えず、代わりに大きく息を吸い、吐くと同時に云った。

「お兄ちゃん……今の仕事辞めない？」

「うぁ？　な、何を？」

サヲは、しゅっしゅっしゅっと云いながら、ちょんぼの顔前で拳をふわふわ繰り出した。

「カクトーっていうんでしょ？　一昨日のアレ？　プロレス？　あれ、辞めてよ」

サヲは今にも泣き出しそうな困った顔をしていた。

ちょんぼはその中にハッキリと施設の庭で悪たれに小突き回され、べそを掻いていたかつての痩せっぽっちの少女の姿を見た。彼は顔をぷいと背（そむ）けて云った。

「どっちでもねえ……俺はプロでもねえよ」

「え？　じゃ、アマ？　アマなの？」

「アマっちゅうか。そのもっと下だ」

「下？　地獄？」

「まあ、そうだな。地獄みたいな地下だ」

「ジゴクミタイナチカ……」

「つまり極道、ハンパもの、なりそこないのド底辺。ただの殴り合いだよ。人間でやる闘犬（ドッグ・ファイト）、闘鶏（コック・ファイト）みたいなもんだって、とっつぁんは云ってる。客はどっちが勝つかに賭けて、俺達は戦う。武器は色々。派手なら派手な方が客は盛り上がるし、人も集まるから旦那の儲（もう）けも多い」

「なに笑ってるのよ！　とっつぁんって？」

「俺に色々と親切にしてくれる人。薬塗ったり、刺さった物を抜いたり、軀縫ったり」

「ダメ！　ダメよ！　お兄ちゃん、あんなことしてたら死んじゃう」

「見たの？」

「見た！　莫迦ぁ！　死んじゃうよ～莫迦ぁ！　莫迦！　莫迦の蛸（たこ）のド頭（たま）ぁ！」

「大丈夫だよ。ほら……」ちょんぼはシャツの襟を引っ張って素肌を見せる様にした。「この首のとこ、鰻（うなぎ）の皮みたいにべろーって剝かれたんだけど、もう今は治ってるだろ？」

サヲは赤味がかってはいるけれど、既に周囲の肌と変わらないほど回復した傷跡を驚きの目で見つめた。

「俺はふじみのちょんぼって呼ばれてるんだ。こうやって酷い怪我をしても治っちまうから。みんなびっくりしてさ。ははは」

するとサヲが突然、ちょんぼの腕を掴み、真っ正面から睨んできた。大きな瞳で自分を射る様に見つめるのでちょんぼは顔が熱くなり、目を逸らした。

「な、なんだよ……」

「お兄ちゃん……ダメ。絶対にダメよ。こんなこと、続けてちゃダメ。今迄、躯がおかしくならなかったのは運が良かったのよ。神様がお兄ちゃんに同情して守ってくれただけ」

「うーん」

「お兄ちゃんは考えなくて良いから。今度はあたしが守る番だから」

サヲはそう云うと自分に云い聴かせる様に何度もうんうんと頷いた。

「でも、なんか、どうやってするんだよ……そんなこと……俺、他にできることねえよ」

「あたしに考えがあるから」

——その日からサヲはちょんぼの小屋に住み着いた。

「なあ……なんなんだよ。あの女ぁ」

「え？　おんな？」

「あのサヲとか云う別嬪（べっぴん）のことだよ。おめえん家（ち）の。親戚か何かなのか？　もう一週間になるじゃねえかよ」

「ああ。あれは施設の頃の知り合いさ」

「施設ったって。もう何十年も前の話じゃねえかよ。なんだってそんなもんがおまえの家に住み着くんだよ。野良猫だな、ありゃ。俺を見てもジロッと睨んで挨拶もしやがらねえ」

「あいつ……俺を辞めさせたがってるんだよ」

「あ？　辞める？　これをか？」

とっつぁんはそう云いながら、ちょんぼの軀に深く食い込んだ剃刀（かみそり）の破片を磁石で探り当ててはピンセットで引き抜いていく。バケツの中は既にガラスや剃刀の破片で血の海になっていた。

「うん。こんなことしてると死んじまうって」

「まあ云うことは当たってるがなあ」

とっつぁんはまた新たなのを抜くとバケツに捨てた。

「でも、俺にゃ他にできることは何もねえし。とっつぁんだって困るだろ？」

とっつぁんはそれには応えず、傷口をしみじみと眺めて叫んだ。

「あ。ダメだ。脂肪が出てきちまった。畜生、案外、深（ふけ）ぇなあ。医者行かなくちゃ。化膿しちまう」

「いいよ、いいよ。大丈夫」

「大丈夫ったって、おめえ。これは幾ら何でもダメだよ。軀が穴だらけだ」

「いいからいいから。ホッチキッスンで仮留めだけしてくれよ。でないとシャツが血でベトベトになっちゃって洗濯が厄介なんだ。敵ぁどうなった？」

「どうなったもこうなったも。釘抜きで顔を開けられたら病院送りに決まってるだろう。今頃、交通事故だとかなんだとか理由をくっつけられて手下の診療所さ。可哀想にあんな二枚目だったのを、もんじゃ焼きみたいにしやがって」

「あれは女タラしちゃシャブ漬けにしてプーソーに沈める下衆女衒だから、ぶっ壊せって旦那が云ったんだもん。それに先にあいつの方が釘抜きで俺の腹を抉ったんだぜ。だから取り上げてお返ししてやった、あはあはあは。早くやって……ほっちきすん。へっくすん！」

ちょんぼがくしゃみをすると固まった鼻血が飛び出し、それを横殴りに腕で拭った。

「雑だね、おめえは。試合も手当も」

とっつぁんは事務用のデカいホッチキスを出すと、上歯を剃刀を抜いて掘られた羊羹みたいに口を開けている所に当ててると上から〈ふんっ〉と勢いよく叩く。ホッチキスを外すとコ型の刃が皮膚に埋まり、隙間からぷっと血の風船を作って割れた。

とっつぁんはちょんぼのあちこちをホッチキスで留めるとバケツに放り込んだ。

「取り敢えずはこんなもんだが……はあ」

「あんがと」ちょんぼは顔を歪めながらシャツを着、その上にタートルネックのセーター、それから革ジャンを羽織った。「じゃあな」

「なあ。ちょんぼ……」

「え？　なんだい？」

「おめえ、あの姐ちゃんと一緒になってこの稼業から足を洗いたいって云うんなら、それはそれで俺は構わねえぜ」

ちょんぼは、いつにないとっつぁんの真剣な顔に不意を突かれた。

「いつまでも続けられる訳もねえし。もしかすると今が潮時かもしんねえ」

「何云ってんだよ。辞めろっつうのはアイツのセリフよ。俺はそんなことひと言も云ってねえだろ。第一、奴が俺と一緒になんかなるはずねえじゃん」

「けっ。その気もなくわざわざこんなドブ汁掻き集めた街に女がのこのこ物見遊山で来るかよ。しかも地下レスの選手を訪ねによ。向こうにとっちゃ命がけだったはずだぜ。まさかおめえ、まだ手出ししてねえんじゃねえだろうなあ？」

「はあ？　あったりめえだろ！　あいつは俺の妹みてえなもんだったんだぞ！　そんな気持ちの悪いことできるかよ！　ぺっぺっ！」

「へ。てめえは本当に変なとこは餓鬼にできてやがる。ぼやぼやしてると何処かの鳶に油揚げ、かっ攫われるぜ」

ちょんぼは鼻を鳴らすと背を屈め、足を引きずりながら控え室を出て行った。

原付を運転しながらちょんぼは実際、サヲのことを考えていた。

『あたしのクラスにネットに強い子がいてね。その子が、すげぇ不死身人間がいるって写真とか見せてくれたの。それがお兄ちゃんだったわけ……』

サヲは夕食の席でそんなことを云った。

ちょんぼはあれから一度、それから今日と二度〈試合〉をした。最初の試合後に帰った時、彼を出迎えたサヲは棒立ちになったまま口元を押さえ、何も云わずに涙をぽろぽろと零した。何と云って良いのかわからないちょんぼは無言で着替えると、新たに自分の部屋としていた物置部屋に入り、そのまま本を読んで寝入ってしまった。

翌日からサヲは何も云わなくなった。否、正確には〈辞めろ〉と云わなくなったのだ。ただ初めて会った時のような元気はなくなり、静かに哀しそうに微笑むだけになった。サヲは料理、洗濯、掃除などちょんぼに必要だと思われるものは全て行った。

……またサヲは哀しい顔をするだろうなあ。

サヲのそんな顔を見たくないちょんぼはさっさと部屋に籠もってあの本を読もうと決めていた。ちょんぼにとってこの世界は作りものだった。自分の生まれてきた境遇も、今の生活も何もかもが、ちょんぼの許可や断りもなく勝手に世間が押しつけてきたものであり、あの〈本〉のなかだけが本当の彼の事実なのだ。実際、ちょんぼはそれを疑わなかった。何故なら半死半生の傷を負っても、本のなかで母に慰撫されれば、傷は跡形もなくと云って良いほど回復してしまうからだ。悪い仲間と荒くれていた時代、偶然、出会ったおっちゃんに誘われ、今の仕事に就いた。心底惚れ抜いていた女に裏切られた直後だったちょんぼは死のうと思ってリングに立った。そして文字通り、瀕死となり一見で無名のろくでなしだった彼は路地に放り捨てられた。その姿を気の毒に感じたとっつぁんは当時の宿まで、どうにか送ってくれた。が、当然、とっつぁんも死んだと思っていた。しかし、数日後ピンピンしているちょんぼと再会したとっつぁんはド肝を抜かれた。

それからふたりはコンビになって旦那の賭博場（ショバ）で稼がせて貰っていた。

に

やはり、サヲは何も云わなかった。が、息を呑んだまま下唇を噛（か）み締め、みるみる目に涙を溜めるとぽろりと落とした。

「ただいま」ちょんぼがぽつりと云うとサヲは「おかえり」と無理に笑顔を作ろうとして失敗した。

「ごはんできてるよ」

ちょんぼは軀が痛むのでどうしようかと思ったが、本を読んでしまうと朝になってしまうと思い、食べることにした。

サヲの料理は温かく、いつも軀に滲（し）みるようだった。

『今日、猫の声がするから戸を薄く開けていたらブチ猫がやってきたのよ』

『ここは海の側だから潮の香りがするね』

『小さな子って面白いよ。泣いたと思ったらすぐに笑ったり、怒ったりすごく自然で真剣なんだ』

『施設にいた頃のあの先生どうしてるだろうね？』

うんうんと黙って頷くだけのちょんぼにサヲは沈黙を恐れてか次から次へとたわいのない話を続けた。が、やがてネタも尽きた。沈黙が続き、ふたりが動かすスプーンとフォークの音だけが響いた。

と、突然、咳き込む様な音がしたのでちょんぼが顔を上げるとサヲが額に掌を当て、壁に顔を向けていた。

掛ける言葉のないちょんぼはそれを見つめている。

「お兄ちゃん……可哀想……」

そう云うとサヲは上着を手にして部屋を飛び出して行った。

『連れてくればいいのよ』と、ちょんぼの話を聴いた母が笑って云った。

「連れて来る？　どうやって？」

『一緒に読めばいいじゃん』プリンを掬ったスプーンを舐めながら妹が云った。『あたしもお姉ちゃん欲しい！』

「良いのかな？」

『もちろんよ。連れてらっしゃい』

ちょんぼは強く頷いた。

目が覚めると朝になっていた。物置小屋から出るといつの間に戻ったのか、サヲはテーブルの上に突っ伏していた。

「サヲ、話があるよ」

ちょんぼはまだ頰に涙の乾ききらない跡のあるサヲにそう呟いた。

そしてその夜、ふたりはベッドに並んで寝ると、ちょんぼの開いた本を眺めた。

「え？　これ？　本なの？」サヲは戸惑ったように云った。

「シーッ。静かに。ゆっくり捲るから集中しろよな」

ちょんぼの真剣な顔つきにサヲも頷いた。

暫くするとサヲは軽い目眩を感じたのか〈あっ〉と小さく呟き、そのまま静かになった。

ちょんぼも本を読んだ。

いつもの団地のドアを開けるとまず妹が出てきた。そして『お兄ちゃん、友達だよ』と奥からサヲの手を引いてきた。サヲは、あの施設に居た頃のサヲのままだった。彼女はちょんぼを見ると恥ずかしそうに『おはつにおめにかかります』と、おさげ髪の頭を下げた。

その夜は母と四人。楽しかった。勿論、今迄も楽しかったけれど最高に楽しかった。顔の内側でどんどん嬉し涙が流れるのをちょんぼは感じ、妹の友達であるサヲも同じ気持ちであるのがひしひしと伝わってきた。夕食はサヲの大好きな手作りコロッケとグラタンだった。食後はテレビを見、トランプ遊びをして、お風呂に入ると枕投げをして母に『こらっ』と叱られ、みんなでゲラゲラ笑った。

躯を揺すられちょんぼは目覚めた。まだ窓の外は薄暗い。ベッドに座ったサヲが目をキラキラさせて自分を見ていた。

「お兄ちゃん……あれは何？　あたし、子供になってお兄ちゃん家に居たんだけど」

「うん。いたいた。コロッケにグラタン食べたよな？」

「きゃあ！　食べた！　食べたよ！　おいしかったぁ！」

「だよなあ！　旨(うま)かったよなあ」

「一緒だったんだ！　やっぱり一緒にあそこに居たんだねえ！　あたしたち」

「そうだよ！　居たんだよ！　おまえ、こんな虫っけらみたいにチビだったぜ、あはは」

「ひど〜い！　あはは！」

　ふたりははしゃぎあうと二十四時間営業の定食屋〈ダシヌキ〉に行った。

「そっか、あれがお兄ちゃんの回復の秘密だったんだね」

　パンケーキにがっついているちょんぼに向かいサヲは云った。

「そうそう」

「でも、あの本。どこで見つけたの？」

「見つけたっつうか。あれは古本屋に貰ったんだ。施設の裏にあったろ」

「古本屋？　裏は壊れた教会とお墓がそのままになってただけでしょ」

「いや、古本屋ができたんだよ。すぐに辞めちゃったけど。俺、またいつもみたいに先公と指導教官に殴られて本当に厭(いや)になって逃げ出したんだ。そしたら本屋があって、追いつかれそうになってたからそこへ飛び込んだんだ。そしたら変わった爺さんがやってて、くれたんだよ」

「ふうん。だから、あんなこと続けられてるんだね」

サヲが真顔になって、窓の外を見た。

ちょんぼはその美しい顔を見て、決意した。

「俺、辞めるかもしんねえ。いや、辞めるよ」

「辞めるって？」

「今の稼業」

一瞬、サヲの素顔に緊張が走ったが、すぐにそれは消え、笑顔が生まれた。

「ほんと？　約束する？」

「ああ！　男と女の約束だ！」

「嬉しい！」サヲは向こう側から飛びついてきた。「嬉しい！　嬉しいよ！　お兄ちゃん！　ありがとう！　いつ？　あの人に云わないといけないでしょう？」

「昼になったら、とっつぁんの所に行ってくる！」

ほ

「そっか。わかったぜ」ちょんぼの決意を聴いたとっつぁんは煙管を咥えたまま頷いた。「やっぱり潮時だったんだなあ」

「悪いな。とっつぁん」

狭い長屋のなかで四人の子供達が駆け回っていた。合いの手の様に背中に五人目を背負ったかあちゃんが〈静かにしな！　えぐるよ！〉と叱る。

とっつぁんは、その場で電話をし、ぽつりと云った。

「行くぞ。旦那に説明に上がらなくっちゃな」


とっつぁんの話を聴き終えた旦那は何も云わなかった。事務所のなかには幹部や若い衆を合わせて十人は居たのだが、聞こえてくるのは通りを行く車の音だけだった。

「話(ナシ)はわかったぜ。奥、行こうか」旦那はスッと立ち上がると会長室とプレートのある分厚い木の扉を開けて、ふたりに「入れ」と云った。

部屋は机と応接セット、そして大型の金庫が壁にくっついて置かれていた。ふたりをソファに座らせると旦那は机の向こうに座った。ちょんぼはとっつぁんが心なしか青褪(あおざ)めて見えた。旦那は葉巻を取り出すと火を点け、それから拳銃を机に置いた。

とっつぁんが〈うっ〉と呻(うめ)くのが聞こえた。

「この部屋はな完全防音、防火防炎。何を弾いたって外にはこそりとも漏れやしねえ。二千万掛かったぜ」旦那は銃を摑むとふたりに向けたまま、葉巻を吸う。

「ちょんぼ、おめえ辞めたら二度とこの稼業だけじゃねえ、界隈(かいわい)を彷徨(うろつ)くことも許さねえが承知か？」

「はい」

「別の縄張(シマ)りで試合をしたり、博打(ばくち)場で見かけたらその場で攫って潰しちまうが」

「いいです。俺はもう金輪一切、裏からは足を洗います。もし旦那との約束を違(たが)えたら好きにしてください」

「男と男の約束だ。忘れるな。只今(ただいま)、此(こ)の場からの約束だ」

「はい」

　すると厳(いか)めしかった旦那の顔が緩んだ。

「よし。ならおまえに花を持たせてやる。引退興行なんかするわけにはいかねえが、今夜、試合しろ」

「え」とふたり同時に云った。

「そう慌てるな。相手は二十四になる俺の孫だ。親父を早くに亡くしたんで俺が親代わりになっていたんだが、何の因果か奴も数年前から野良をつくことになってな。その箔(はく)に、ちょんぼ。おめえを使わせて貰いてえのさ」

「どういうことでしょう」とっつぁんが云った。

「つまりよ、この稼業は子分や周りが驚くようなネタやハクが必須だ。いずれ貫目(かんめ)が付いて跡を任せるにしても伝説があるのとないのとじゃ、先々のゴタつき加減も変わってくる。それでおまえに八百(やお)長を頼みてえんだよ。伝説のファイター不死身のちょんぼを引退に追い込んだとなりゃ、ハクもハク大ハクだ。俺も安心して奴に稼業を任せられる。勿論、本人には内緒だ。いや、俺達三人だけの秘密だ……どうだ？　分は弾むぜ」

　とっつぁんとちょんぼは互いに顔を見合わせると『御願いします』と声を合わせた。

　その報せを聞いたサヲは泣きじゃくった。その様子はちょんぼが心配になるほどで、彼女は嬉しい嬉しいと繰り返した。

「それで今夜、最後の最後に八百長試合をするんだ。そしたら終わりだ」

「大丈夫なの？　その試合」

「相手は旦那の孫だ。完全な素人さ。目をつむってたって勝てるような相手だし、勝たなくて良いんだ。俺が自分で適当にしくじったふりや、やられたふりをして倒れれば済み。その後はやられた傷が元で引退。旦那が筋を作ってくれたんだ」

「ほんとね！　ほんとなんだね！　もう絶対に元に戻ったりしないね」

「そうだよ！　絶対に戻らないと旦那に約束させられたんだ。男と男の約束だ」

　それからふたりはまた本を読んだ。

『おかえり』

　手を取りながら帰ったふたりを母が優しく出迎えてくれた――。

へ

外は小雪がちらついているにもかかわらず、廃工場跡地の即席会場には旦那の関係者や賭場の常連などが溢(あふ)れ、沸き立っていた。

控え室にいるとっつぁんとちょんぼはしみじみと互いの今迄の苦労を話し合い、慰め合った。そこにはいつもの殺伐とした居心地の悪い緊張感はなく、ただ郷愁と寂しさ、そして俺達はやりきったんだという満足感のようなものが充(み)ちていた。

「とっつぁん、俺がいなくても大丈夫か」

「あたりめえだ。旦那が分(わり)に色を付けてくれるそうだ。それを元手にラーメン屋でも嬶(かかあ)と始めるつもりだ。飯屋なら餓鬼にひもじい思いをさせなくて済むからな」

「そっかそっか」

「おめえはどうするんだ？　あの人と？」

「ああ。終わったらちゃんと一緒になってくれって云うつもりだよ」

「良かったなあ」

「あいつは俺よりも頭が良いから一緒に仕事をするにしても安心だ」

「そらそうだ。おめえは何でもブッ壊すしか才能がねえから」

ふたりは、あっはははと笑った。

そこへ係が『あと十分です』と告げに来た。とっつぁんは「じゃあ、ちょっと集中しな」と席を外すと一旦、自分の車に戻り、中から紙袋を持って旦那のいる階上のＶＩＰルームへ向かった。

……明日になったら、ちょんぼはサヲを連れて旅に出ようと決めていた。誰も知らないところで今迄の空白の部分を思いっきり話し合って埋めたかった——と携帯が鳴った。

もしもしと云うと雑音混じりにサヲの声が聞こえてきた。サヲは会場にいるはずだった。

『お兄ちゃん』サヲの声は暗かった。『ごめんね』

「どうした？　いまどこにいるんだ？」

『空港』

「え？　どうして？」

『あたし、ドイツに行くの。向こうで結婚するの』

ちょんぼはまた自分の頭が壊れたのだと思った。

「なに云ってんだよ、おまえ、莫迦……」

『ほんと！　ほんとうよ！　もう帰ってこないと思う』

「ちょっと待てよ。なんだよそれ」

ちょんぼは胃の辺りに煮えた鉛が流れ込んでくるのを感じた。そしてそれは〈どうやら、これは現実だぞ〉と彼に伝えていた。

「ウソだろ？　俺、どうやって生きていけばいいんだよ。他にできることなんかなんにもねえんだぞ。どうしてほっといてくれなかったんだよ！　勝手にしゃしゃり出てくんなよ！」

『今夜の便なの。あたし、お兄ちゃんがあんなことしてるって知っちゃったから……知ったまま出て行けなくて……それで……ごめんね、お兄ちゃん。あたし、絶対にそんなことできなくて……お兄ちゃんがあんなことをしてるのに知らないふりできないって……思って。だってお兄ちゃん、あたしを守ってくれたでしょ。だから……恩返し』

ちょんぼは通話を切った。


「これです」

とっつぁんはちょんぼの部屋に隠してあった絵本を旦那に渡した。旦那はなかを一瞥（いちべつ）すると、とっつぁんを見上げた。

「なめてんのか？」

「いえ。ほんとなんです。俺は一度、奴が寝入った処（ところ）を見たことがあって。この本を読んだまま寝ると、あいつの軀がシーツのなかで消えちまうんです。そうすると傷が治って……」

「何もかいてねえじゃねえか！　どこを読むんだよ！　こんなモン！」

「へえ。それが俺にもさっぱり……」

と、その瞬間、試合開始のゴングが鳴った。

旦那は取り巻きと一緒に立ち上がると孫に声援を送った。ちょんぼは孫から釘付きの鉄条網を巻いたバットで滅多打ちにされるシナリオだった。勢いづいた若者がちょんぼの軀にバットを何度も叩き付ける。霧の様に血が舞うと歓声が上がった。二度、三度、四度と頭と云わず全身にバットが振り下ろされ、ちょんぼは紅(あか)い仁王の様になった。がきんと一際(ひときわ)、嫌な音をさせて頭に振り下ろされた瞬間、ちょんぼがバットを取り上げると孫の顔面にフルスイングを叩き込んだ。

「おわっ！　なにやってんだ！　あの野郎！　おい！　てめえ！　とめろ！」

旦那が袋叩きにされている孫ととっつぁんを交互に見て吠えた。

とっつぁんが飛び出すと旦那も取り巻きと共に部屋を飛び出す。その途中で持っていたちょんぼの絵本を暖取り用に置いてあった灯油缶(ガンガン)の焚き火のなかに放り込んでいった。

……ちょんぼ……どうしたんだよ！

とっつぁんは死に物狂いで階段を駆け下り、廊下を走った。会場からは怒号と悲鳴が化け物じみた谺(こだま)となって流れ込んでくる。

と、そこに点滅するちょんぼの携帯が落ちていた。

「もしもし！」拾い上げたとっつぁんの耳に泣きじゃくるサヲの声が飛び込んできた。

「あんたか！」

『おじさん！　彼に伝えて！　戻るからって！　いまそっちに行く最中だからって！　やり直そうって！』

「莫迦野郎！」

とっつぁんは会場に飛び込んだ。

「ちょんぼ！　よせ！　帰ってくる！　あの子は帰ってくるぞ！」

その瞬間、真っ赤になった旦那がリングサイドに到着した。

「やめろ！　この後家溶かしの魔羅惚け野郎！」

ちょんぼはバットを捨てると既に虫の息の孫から離れ、とっつぁんにふらふらと近づいてきた。

「莫迦野郎！　彼女、帰ってくるぞ！　ほら！」

とっつぁんは携帯をちょんぼに向けた。

会場の騒音のなかでも確かにサヲの声はとっつぁんの耳にもちょんぼの耳にも聞こえた。それは――帰るからっ！　と叫び続けていた。

ちょんぼは両手を宙に挙げた。勝者の名乗りを受けた様に。

「やったぞ！」

その瞬間、太陽がリングに落ちた様な火球が出現した。数百人が見守る中、ちょんぼは炎上した。あのＶＩＰ席のガンガンのなかで燃えさかる本の様に、その中心で真っ赤に燃えるちょんぼの顔はとても誇らしく、幸せそうに見えた。

≒0.04%

1

こうして俺の手元には小箱が残った。

銀色の無地の蓋、真ん中に逆三角の掛け金がピチッと密閉するように嵌（はま）っていた。

陰気な狸爺（たぬきじじい）が死んだ婆（ばあ）さんの指輪や宝石を如何（いか）にも大事にしまっておきそうな箱だ。

かったるい話は苦手なんでスベッといくが床に転がっているのは七十五か、なんかそんな感じの歳（とし）になってたはずの俺の親父（おやじ）。

親戚付き合いは疎（おろ）か、家族付き合いすら満足にできない偏屈で変人の狸爺だった。

で、そいつは死んでる。

俺が殺したんだ。

もちろん七時すぎにこのマンションに来た時にゃ、これっぽっちもそんな気はなかったし、いまも、あららと残念に思っている。スムーズに話が済んでりゃ俺は部屋で一発やってたろうし、親父は倅との久々の再会の感動を胸にベッドに潜り込んでいたかもしれない。

ところが親父は俺にはビタ一文貸さないと言い、二度と顔を見せるなと言い、やっぱりおふくろに産ませるんじゃなかったと言い、産婦人科に払った金は稀覯本を売り払って作ったもので未だにあの本は取り戻せないと捲し立てた。

俺は親父の唾を右へ左へ避けながら２ＬＤＫの狭い部屋を歩き回り、うんざりしていた。小言にうんざりしていたわけじゃない。金や金に換わりそうな物がまるっきり見あたらなかったからだ。

絶縁だ、勘当だ、親子の縁はこれっきりだ、と耳に胼胝の台詞を叫びつつ親父は俺の前に回ると杖で俺の鳩尾を突いた。んで俺は少しの間気絶して貰うか黙っていて貰おうと右手をブン回したんだ。そしたら拳の最も硬い部分が爺さんの左の耳下へと巣穴に駆け込む鼠みたいにヒュッと食い込んだ。パキャッと胡桃の潰れるような音がし、親父は口から舌を犬のようにだらりと垂らして倒れてしまった。ちょっとだけビクビクし、手を小さく握ったり開いたりしていたが、ハーッと長い溜息をついて小便を漏らすと完全に動かなくなった。

俺は老人の小便が嫌いだった。

ので、さっさと金目の物を浚ってしまうことにしたのだが、やはりこの部屋にはめぼしい物は存在しなかった。財布はあったが中身は二千七百十五円。図書館のカードと市内のバスなら全線無料の養老パス、後は内科と皮膚科と泌尿器科と整形外科と眼科の診察券。マクドナルドのナゲットが百円で買えるクーポンとブックオフの五十円割引券とコンビニでポテトサラダとおでん、塩むすびを買ったというレシート、片方だけ飲まれている二個入りの錠剤シート、自転車の鍵。キャッシュカードはなし。

部屋のなかには古本屋のように書棚。数えてみると全部で十二棹もある。多くは分厚い革表紙ばかりで、背表紙にわけのわからぬ文字やアルファベットのついたやつもちらほらしていた。古本屋やブックオフを呼んで引き取らせてもいくらになるのか見当もつかない。親父と同じ好き者なら涎を垂らしたりもするのだろうが、そんな奴らをどうやって見つければ良いんだ。いまは七月。半日もすれば親父は自分が死んでるってことを隣近所に向かって無言で主張し出すだろう。とりあえずビニール袋を用意しなければ……。

と、そんなこんなを思案しているうち、微妙に隣の本との隙間が空いている一冊が目に留まった。俺は机の横にあるその書棚の前に立った。するとそれは本の背表紙が貼られた箱であることに気づいた。寸詰まりに切り落とされた六冊分の背表紙が、きちんと揃えられて見えるように箱の横に貼ってある。俺は悦びに呻きながらそいつを引き出すと机の上に置いた。見れば凝ってるのは背表紙にあたる部分だけで、あとは何の変哲もない手提げの金庫だった。上蓋に取っ手、正面にふたつのちゃちなダイヤル。俺はこういうのをデタラメにいじくり回して開けるのは得意だった。餓鬼の頃からこうやって、おふくろが貯めた無けなしの銭を盗んでは盛り場でゴミみたいな使い方をしたもんだった。もちろん、親父はそんな俺をどやしつけたが、アーメン、いまはそれもできないようだ。「いいかい？」俺は床に伸びたまんまの人体に声をかけ「もちろんだよ」と親父の物真似で応えてみた。たいして面白くはなかった。

ガチョッ。そんな音がすると向こう側の背表紙が傾き、濃い緑色の蓋が持ち上がった。

なかには丸めた古新聞がぎっしりと詰められていた。俺は悪い予感で吐く前のように舌が口のなかで迫り上がるのを感じた。一縷の望みを賭けた物が金や宝石ではなく好事家御用達の誰かの落丁本とか生原稿とかいう、興味のない人間にとって使用済みのコンドーム並みの【価値ある逸品】だったらと震えたのだ。

結局なかに入っていたのは銀の小箱とヨーロッパの地図、それとえらく古めかしい封筒だった。古めかしいと言ったのは、そいつには深々とした刻印のある封じ蠟がしてあって全体的に変色が酷かったからだ。なかには便箋が五枚あったが蚯蚓がのたくったような外国文字でてんでわからない。ただ紙の端に赤茶けた指紋が二三ついていた。咄嗟に血だなと俺は感じた。たぶん、誰かが決闘か何かをした時の手紙なんだろう。一種の遺書のようなものだ。もしかしたら書いた奴はどこかの貴族か何かで偉い奴だったのかもしれない。でも俺には関係ないし、俺が持ち込もうと思っている故買屋にも関係ないに違いなかった。

俺は溜息をつくと親父を跨いで便所へ行き、小便をして気を落ち着けた。さてどうしたものかと再び机の前に戻り椅子に腰かけた。

小箱はその重さと見た目から銀でできていると践んだが如何せん小さすぎた。これじゃ溶かしても高が知れていた。振っても中身の手がかりとなるような音は一切しなかった。俺は机に箱を置くとスタンドを寄せ、鍵になっている逆三角形の掛け金を慎重に摘み上げてみた。

と、その時になって初めて、俺は開けた途端、小箱の中身が襲いかかってくるような気がして、ほんの少し身を引いた。それは全く馬鹿げたイメージだった。小箱のなかに鉤爪（かぎづめ）を持った狂人が隠れている。そこで奴はいつか何も事情を知らない馬鹿者が、うっかり蓋を開けるのをジッと待っているんだ。何年も何年も。そしてその馬鹿は俺で、まんまと開けた途端ぬっと突き出された指先で、目玉をつるんと鶉（うずら）の卵を掬（すく）うみたいに持っていかれるというものだった。黒くて錆（さ）びたメスのような鉤爪に。

不思議なことに俺の躯（からだ）は、そんな馬鹿なと思う頭とは裏腹に身を引きながら蓋を開けたんだな。

で結果は、何もなし。キラキラ光る三カラットのダイヤもルビーも何もなし。

そこにあったのは灰だった。

「なんだこりゃ」

干したトロロ昆布を木っ端微塵（こっぱみじん）にしたもの、葉巻の先端、バーベキューの最後で焼き台の底に寄り集まる白い塊（かたまり）、それらを更に微細に砕き、もっと焼きを入れた感じの物が箱の八分目まで詰まっていた。完全な灰。ここまで白惚（しろぼ）けてしまうと分析しても元が何だったのかわからないんじゃないか？　などと思ったりもした。

が、すぐ俺は現実に立ち戻り、これが何の役にも立たないことを悟った。

椅子の革が生暖かく俺の尻に引っ付き、そういったことを丸ごとひっくるめ見越していた親父が嗤（わら）っているような気がした。

俺は背もたれに身を預け、両腕を頭の後ろで組むと溜息をついた。

室内は既に真っ暗だった。

灰の詰まった小箱がスタンドの明かりに照らされており、その右手には偽装金庫を取りだした部分だけがぽっかりと口を開けている書棚。左も書棚。その隣もその隣も書棚が並び、その先には玄関と洗面所へと続く廊下。親父の膝から下が見える。足の裏が白っぽく闇に浮かんでいた。

俺は長いこと机の灰とぽっかり空いた書棚を交互に見つめていた。理由はわからない。頸椎（けいつい）の自然な流れだったのかもしれないし、もしかすると自分の与（あずか）り知らぬ無意識が俺に答えを拾わせようとしていたのかもしれない。とにかく俺はかなり長い間、座ったまま、そのふたつを眺めていたんだ。

と突然、脳のどこかが短絡（ショート）したようにビッときた。

俺は立ち上がると空っぽの書棚の前に立ち、並んでいる背表紙を読んだ。

『トランシルヴァニアの英雄伝説』『La Famille Du Vourdalak』『スラブの民話と信仰』『吸血妖魅考』『コリントの花嫁』『吸血族の誕生』『生物学にみる吸血寄生』『不老不死の研究』……。

そして振り返る。

机には綿菓子の始まりを集めたような灰。

それはお世辞にも豪華な香り立つとは言えないものの、他の本と紛（まぎ）れるよう偽装を施された上で、この部屋では最も厳重な金庫に入れられていた。

しかも親父は変人。興味のあることのためならば家族だって売り飛ばす男。

自炊をした形跡のない台所のあちこちを引っかき回し、更に流し台の下、下水臭（くさ）い引き戸の奥に目当ての物を発見した俺はベトベトする床に這いつくばった。フルーツナイフ。刃先はえらく錆びていて気味が悪い。俺はそれをできるだけ丁寧に洗うと机の前に戻った。普通、ドラマだとこういう場面では鏡のような刃に自分の顔が映ったりするのだろうが、信じられないことにあれだけ洗ったにもかかわらず親父のナイフには糞色の錆が半分以上もベッタリこびりついていた。

俺はこれから自分が行うことの失敗よりも破傷風のほうが心配になったが、覚醒剤の前では注射器の回し打ちも気にしないのだからと自分を納得させ、刃を左の手首に当て、ゆっくりと引いた。やはり御見事なまでに切れない。仕方なく錆の多い刃の先端を使って皮膚を裂き、切るというよりは穴を開けるようにして抉り、そして皮膚に突き込んだ刃先を乱暴に中で掻き混ぜると突然、血の玉がプッと現れ、血が湧いて出た。

俺は痛みも忘れ、小箱の上に手をかざし血を落としていった。

不思議なことに灰は血が滴っても団子にならなかった。ほら小麦粉なんかだと少ない水は粉の多さに負けて泥みたいになってしまうだろう。ところがこの灰は一滴二滴と少量を落とし込んでいる時にもスッと滲み込んで消えてしまう。まるで灰という霧のなかに血の玉を放り込んでいるような感じだった。俺は更に刃先を手首にねじ込んだ。そこそこの血管を突き破ったのか突然、トロトロした血の流れがドプドプと電源コードほどの太い線となった。しかし、血はいつまで経っても小箱から溢れてはこなかった。

もうコーヒーカップ三杯分以上は充分に注ぎ込んだというのに依然として灰は粉っぽいままで湿り気を感じさせない。俺は椅子に座り込むと延々と血を吸い込んでいく灰の表面にぼんやりとした眼差しを向けた。いつのまにか耳鳴りが始まっていた。猛烈に俯せたままの親父がひっそりほくそ笑んでいるような気がしてきた。もしかしたら俺はできの悪い手品に一杯食わされてるんじゃないかと思い始めた頃、それは始まった。

灰の表面に薄い透明の膜が張ったように見えた瞬間、灰が分裂し、細く蠢く糸の蝟集したものとなった。蛆虫の帰省ラッシュのようなそれは小箱のなかでぐずぐずと右へ左へ上へ下へと波のように移動し、やがてひとつひとつが融合し、ベトベトしたひとつの白い塊となった後、中心部から波紋が周縁に向かって走り出した。それは鼓動のように規則正しく脈打ち、一度打つ度に少しずつ全体の形が歪み、窪みや膨らみが生じてきた。

表面はぬらぬらとし、大きな貝の中身に似ていた。俺はそれが始まってから血を注ぐのを忘れていた。腕を掲げ、再び血を貝の肉の上にかけた。すると全体が引っ繰りかえるように見えると皮が生まれた。本当に白い皮でできた貝殻を伏せたような物ができあがった。

俺は腕を下ろし、ポケットからハンカチを出して止血帯代わりに傷口に当て、その上からぎゅっと押さえると小箱のなかをもう一度、覗き込んだ。

血にまみれてそれは小箱のなかにあった。

断片とはいえ、それが何なのかははっきりしていた。

俺もふたつ持っているからだ。

小箱のなかには【耳】があった。

2

俺は【耳】を慎重に扱った。いきなり摘み上げるのではなく、いじるのに耐えられるだけの強度を持っているのかを、まず確認した。耳は小箱のなかで穴の側を下に伏せた形で復活していたのだ。俺はまず指で触れてみた。ひんやりと冷たいことと血でべとつくことを除けば自分のものと感触は変わらない。俺は親父を跨いで風呂場からタオルを持ってくると厚めに折り畳んで机に敷き、その上に耳を小箱から移した。「はっ」思わず声が出るほどそれはまるっきり耳そのものだった。内側に軽くカールしたまま周囲を縁取る肉、数字の3を潰し、歪ませ、道路工事のようになかへ山と谷が作ってある。穴は湾のように曲がっていて、真ん中辺りで肉が迫り出している。

【左耳】だった。

俺はタオルごと小箱と一緒に台所へ運ぶとコップに水を汲み、耳を入れてすすいだ。耳はしっかりしていた。既に灰のような頼りなさは払拭し、冷たい肉で構成された立派な器官になっていた。

ふと見ると流しの壁に鏡があった。親父はここで髭を剃っていたようで隅にシェービングクリームと替え刃式の安全剃刀が置いてあった。

前に立つと顔色の悪い痩せぎすの三十男が現れた。鏡の縁は長年の汚れがこびりつき固まっていた。

「ふ～ん」と、鏡のなかの俺が感心したような声を出す。

鏡に映るタオルの上には何も載っていなかった。

俺は小箱と耳をタオルで拭きながら机に戻った。

耳は小箱にぴたりと収まった。

だが奇妙な昂揚(こうよう)も、その辺りまでだった。

確かに灰から耳は誕生したが、その先どうすりゃいいのか皆目(かいもく)見当がつかなかった。TV局にでも持って行けばそれなりに面白がられるんだろうが結局は入手先を詮索(せんさく)されるに違いない。売るにしても誰からどういう経緯で手に入れたかを証明する必要がある。まさか道に落ちていましたとシラを切れるブツではなかった。

仕方なく俺は書棚にある本に目を通した。何かめぼしい【灰】や【耳】の使い方が載っていないかと思ったのだ。ところがそこにある本の多くは洋書で俺にはてんでわからなかったし、和書でも話が込み入りすぎていて手に負えない。結局、ド素人(しろうと)の俺に理解できたのは『吸血鬼は、他の動物の骨や灰が混ざった灰からも、自らの一部である灰だけを吸い上げることができる』ということのみ。

「畜生」

俺は本を放り出し、室内を歩き回った。

昔、まだ売人(プッシャー)と良好な関係を保っていた頃、俺に「耳は第二の心臓だ」と教えてくれた奴がいた。そいつは中国で鍼灸師(しんきゅうし)をやっていたのだが博打(ばくち)で落ちぶれてしまい、こっちでマフィアに使われていた。だが結局、俺がヤク代を散々、踏み倒し、バックれたお陰で全身に奇っ怪な刺青を入れられ、手足を肘と膝で切り落とされ、今頃はアジアのどこかで好事家の足置きになっていると聞いた。俺も今週末までに金を払えなければ同じ有様になる。好事家はもう一台欲しがっていて俺なら売人と良いペアになると奴らは考えているのだ。

「おい、なんとかならないのか」俺は摘み上げた耳に呟いた。

すると耳がぴくりと指のなかで微動した。

耳は生きていたのだ。

俺は再び小箱のなかに耳を置いた。

「おい。聞こえるのか？」

さっきほどではなかったにせよ、確かに耳は声に反応した。

耳を摑み、試しに穴を覗いてみると向こう側が見えた。

「聞こえるなら俺の願いを叶えるんだ。俺は持ちきれないほど金が欲しい。いますぐ欲しいんだ。午前零時までに俺の元に金を持ってくるんだ。いいな！」

我ながら一方的すぎると思ったが他に手がない。俺は勝手に怒鳴りつけた。

それから俺は約束の時間までドンキへ行き、ビニール手袋と清掃用具、大型ビニール袋とガムテープ、寝袋とワイルドターキーを買い込み、親父の軀を梱包することにした。

小便まみれの親父の軀に触れるのはバイ菌がうつりそうで怖ろしかったが我慢するより仕方なかった。軀は既に死後硬直がうっすらと始まっていた。俺は親父をビニール袋に入れ、ミイラ男のようにガムテープで、ぐるぐる巻きにすると寝袋に収め、押入のなかに突っこんだ。これで暫く埋めに行く時間が稼げるはずだった。床に残った小便や血反吐の痕をモップで拭いた。気がつけば午前零時まで三十分を切っていた。

俺は急いで椅子に戻るとワイルドターキーを飲りながら小箱の耳を見つめた。

二十分前……十分前……五分前……三分前……一分前……。

俺はグラスに注いだバーボンを呷りつつ、小箱を手にすると玄関のほうへと向き直った。

しかし、零時を三十分まわっても何も起きなかった。

「おい。約束の時間はすぎたぜ」

ボトルの中身が半分ほどになっているのを見て、我慢できなくなった俺は耳に言った。

耳はぷるぷると震えるだけで返事をしない。

「おい。おまえだって吸血鬼の端くれだろう？　灰から復活するような化け物がどうして金ぐらい用意できねえんだよ」

俺は耳を人差し指と親指で力まかせに折り曲げてやった。小箱に戻しても耳は皮に引き攣った皺を残したまま震えていた。それを見ていると突如として何もかもが思い通りにいかなかった今日という一日へのドス黒い怒りが腹の奥で屹立した。

「おい。いますぐ金を持ってこないとえらい目に遭わすぞ」

俺は両手で耳を掴み、思い切り引き千切ろうと力を込めた。

ひん曲がった疑問符のように伸び切った耳は激しく震えていた。

「おい！　早くしろ切れちまうぞ」

ビッと短い音をたて耳たぶの一部が千切れ、傷口から血が流れ出した。

机に置くと耳は耳なりに、さっきとは全く違った震え方をしていた。

痛がっているのだ。

俺は耳を摑むとメンコの要領で何度も床に叩(たた)きつけ、そして踏んだ。

「止(や)めて欲しけりゃ、早く金を持ってこい」

ライターで炙(あぶ)り、火傷(やけど)させ、あの錆びたナイフで切れ込みを入れた。

そして鋏(はさみ)を探しだすと細かく刻んでやった。

「この役立たずめ！」

俺は怒鳴り、耳を細切れにすると……。

3

気がつくと朝になっていた。

カーテンから細く射(さ)し込んだ陽(ひ)が指に当たっていた。頭が砂を詰めたように重く、床に転がっていた俺は身を起こすと、まず周囲の様子を確認する必要があった。二日酔いが酷(ひど)く、すぐに動く自信はなかった。

周囲には書棚。机の上のスタンドは点(つ)けっぱなしだった。ふらつきながら椅子に座ると原形を留めぬほど細切れにされた耳の肉片が小さく山の形に盛ってあった。下からは昨夜、散々、【耳】が吸いまくった俺の血が汚らしく机の表面に滲みだしていた。

「使えねえ野郎だ」

俺は呟き、耳の破片を掻き集め、屑入れに捨てようとして手を止めた。そして肉片をひとかけらも落とさぬよう注意しながら、乾いたグラスに全てをしまうとサランラップで蓋をし、もう一度、机の上にそれを置いた。

窓からの陽が机の三分の一ほどに当たっている。この時間だと隣のビルに遮られているらしい。俺は陽の当たらぬ陰の部分から陽に向かいグラスを少しずつ移動させた。

十センチ、五センチとくっきりした陽の部分に近づける。そこまではグラスの中身に何の変化もなかった。刻まれた消しゴムのようにそれはグラスの底に溜まっていた。

「あばよ」

そう声をかけ、俺は陰から陽へとグラスを置いた。

透明なグラスのなかへ陽がぐさりといった感じで射し込み、底のほうで乱反射した。

俺は目をしかめながら変化を見逃すまいと顔を近づけた。

何の変化もなかった。耳の断片は黙って陽を浴びていた。

「？」

俺はグラスを持ち上げようとした。

その瞬間、肉片は崩れた。

まるでスローモーションのように、ふわっと肉は一瞬で灰に戻っていた。

手品のようだった。

瞬きの間、目にも留まらぬ速さで肉は灰へと還ったのだ。

俺はラップを外し、グラスに鼻を近づけて灰を嗅(か)いだ。何の臭(にお)いもしなかった。

陰に戻ると俺は腕の傷を開き、再び血を注いだ。

充分な量になるとラップをかけ、両手でバーテンがやるみたいにシェイクしてみた。

十回ほど振ると今まで何の音もしなかったグラスのなかに突然、固形物が跳ねる感じが生まれた。耳ができていた。

「なあ、なんとかならねえのかよ……」

俺はコップのなかの耳に話しかけた。

耳は完璧に戻っていた。傷もなく昨日の夜と寸分変わらぬように見えた。

不意に眠気が戻ってきた。血を抜きすぎたのかもしれない。俺は書棚に寄りかかったまま知らぬ間に眠ってしまっていたんだ。

ほとほと……と、遠慮がちなノックの音を聞いたのは夢のなかでだった。

気がつくとノックの音はもっと大きく、俺は反射的に起き上がると耳の入ったグラスに急いでラップをし、机の陽の当たる場所に置いた。

足音がしないようにソッとドアに近づくと俺はドアスコープから外を覗いた。

二十代後半か三十になったばかりに見える女が爪を嚙(か)みながら苛々(いらいら)した様子で立っていた。そいつはエレベーターや他の部屋のほうをやたらと気にする様子でドアを叩いては軀を前後左右に落ち着きなく揺すっていた。

「……はやく……」

女は麻薬中毒（ジャンキー）だった。痩せぎす、艶のない肌、脂っ気の失（う）せた髪、全体的にだらしのない感じ、それでいてヒステリック……。覚醒剤中毒（ポンチュー）だ。同じジャンキーの俺が言うのだから間違いない。

「もうっ」

女は両手をドアに突っぱねるようにすると全身に力を込めぶるぶると震えた。手首から肘にかけ無数の醜い切り傷が残っていた。顔が赤黒く紅潮したところで、ふーっと息を吐き女はドアから離れふらふらとエレベーターへと戻っていった。

わけがわからなかった。親父があんな女と付き合っているとは考えられなかったし、覚醒剤（シャブ）を売れるはずもなかった。戻るとグラスのなかの耳はすっかり灰と化していた。

思った以上に深く眠っていたらしい。時計を見ると既に三時を回っていた。

不思議と腹は減らなかった。ただあの厭（いや）な感じが遠くから始まったのに気づき、俺は憂鬱になった。いまはまだ対岸に浮かぶコンビナートや鉄塔のように朧気（おぼろげ）なそれはこれからゆっくりと自分に接近してくるのがわかっていた。

なんと言えばいいのか、それはある時は果実蝿（みばえ）の群舞であったり、蜂の大群であったりするのだが、初めは羽音のようなものが聞こえ、次第に実感を伴ってくる。全身の肌、手足はもちろん、背中や脇腹、頭皮や首筋、脇の下にまでチクチクとした痛痒感（つうようかん）が音と一緒に発生し、いても立ってもいられなくなってくる。それは実際、砂粒や小石、鳥の糞が当たったのと同じ質量を持った感覚なので絶対に無視はできない。蟲は全く目に見えないものだが確実にいる。確実に存在し、皮膚に取り付き、放っておくと体内に潜り込んで肺や胃や血管のなかを飛び回るんだ。止めるには新たにクスリを入れなけりゃならない。ところがこの界隈じゃ、俺にクスリを売る奴はもういない。売れば代わりに俺の借金を肩代わりさせられるからだ。つまり、逃げ隠れしている俺をそいつが一時的にでも助けたことになるんだな。それを奴らは許さない。売人はこの世で一番トラブルを嫌う人種だ。揉め事は遅かれ早かれ自分の命を持って行くってことを奴らは耳と目と軀で知っているんだ。

となると俺の選択肢はふたつ。どこでもいいから屋上に錠のかかっていない高いビルをみつけて縁から空に向かって思いっ切り飛ぶか、奴らの元へ馬鹿を承知で戻るかだ。戻りゃどうなるかは火を見るよりも明らかだが、たぶんその頃にはそんな理性も知性も吹き飛んじまっていて、奴らの前に跪き蠅のように両手を擦り合わせて、鼻水と泪でぐずぐずになった顔でクスリを懇願するんだ。俺にはわかっている。禁断症状に陥った時の俺は俺じゃあない。あれは別物だ。だから客観的に確信をもって言えるのさ。

警察？　ありえない。拘束され、意味のない地獄のような我慢を強いられた挙げ句、ムショに送られ、俺は奴らの仲間にある日突然、腹を抉られるか、首を絞められるかするだけ。

捕まった時点で俺は死刑囚と同じことになる。

音は近づいてきていた。

時間はそう残されていないということだ。

俺の手のなかに残されたカードは【灰】だけだった。

頭を抱えながらグラスのなかの滑らかな灰を見ているうち、俺にはふとそれが粉に思えてきた。覚醒剤(シャブ)ではない、もっと細かなヘロインやコカインだ。俺はラップを外すと小指を舌で湿らせ灰をつけ、それを再び舌に載せてみた。

ガクンッと部屋全体が二メートルほど落下した。

こういったもので飛ぶのには慣れているはずの俺だったが、それでもあまりにパワフルな感覚に圧倒され机にしがみついていた。グラスが机から微動だにしていないことを見て、それがタイミングの良い地震ではなかったとわかった途端、誰かが、げらげら笑っているのを聞いた。

自分だった。俺は腹の底から悦びが湧いてくるのを抑えることができなかった。

喉が嗄(しゃが)れるほど笑った俺は試すのは夜になってからと決めた。俺はいつも新しいネタをやる時は夜と決めている。光や騒音に邪魔されて純粋に味わえなくなるのが厭だったからだ。俺は冷蔵庫にラップをした灰のグラスを丁寧に置くと部屋に戻り、残りのバーボンを更に半分ほどに減らすと親父の臭いのするベッドに倒れ込んだ。

4

灰の重さは二十八グラム。

俺の体重が六十八キロなので全てを摂取すれば、俺はおよそ０・０４％の吸血鬼になる。

摂取方法は線（ライン）でいくことにした。

注射器（ポンプ）は手元にないのと灰に水などを混ぜなければならないので却下。それに本来、使用する蒸留水などは灰そのものを台無しにしてしまう可能性がある。

俺は窓を閉め切り、風が入ってこないようにすると台所のテーブルにグラスを運び天板をよく拭くと、そこへ灰を落としトランプを使って広げた。灰は思った通り滑らかで抵抗なく天板の上を伸びた。俺は灰を幅五ミリほどの長い線（ライン）にした。丁寧に時間をかけ、ここばかりは焦らずに行わなければならない。

真夜中すぎ、俺の線（ライン）が完成した。

灰は六人がけテーブルの四辺をぐるりと巡っており、なかなか見ものだった。

俺は縁起を担（かつ）ぐ意味で財布にしまっておいた大吉の御神籤（おみくじ）で筒（ストロー）を作った。薄い紙を丹念に折り畳み、線より太く、しかも鼻の穴に具合良く収まるサイズに丸めた。

時刻は十時を回っていた。

俺は途中で咽（む）せてしまわないよう深呼吸をくり返し肺に酸素を溜めてから筒を灰の線に当て、右の鼻の穴に筒を差し込むと他方を指で塞いだ。

ギュッ！　一発目をキメた途端、全身の皮がふわっと剝（む）け、頭が鳴った。

突然、頭のなかで『Push It To The Limit』が爆音をかけてかかり、モンタナの『Ｆｕｃｋ！』が機関銃のように聞こえ始めた。俺は夢中で線を吸い込み続けた。顔をテーブルにくっつけなが

２２０

ら移動すると、いつのまにか自分がアメフトのＱＢ（クオーターバック）になって、フィールドを駆け回っている気になった。横長の線を半分ほど消化すると俺は飛び上がり「ファック！」と叫んだ。自分でも信じられないほど両腕に力が漲（みなぎ）った。「ファック！」俺は叫ぶとまた線を駆け抜けた。「ファック！」「マザー！」「ファック」「サノバ！」「ファック！」「マザー！」横一本を終えると縦、そこまで立て続けに終わらせた。「ファック！」「マザー！」「ファック」叫びながら反対側に回り込み俺は横の二本目に取りかかった。素晴らしい万能感が津波のように押し寄せ、収まりきれない残りが俺の目と鼻と口から一気に世界へと噴出していった。それは虹であり炎であり音であり光であった。俺は幸せ電球として発光し続けていた。「サノバ！」「ファック！」「マザー！」横の二本目を終わらせると最後の一本、縦の線に取りかかった。素晴らしかった。俺はその気になれば地球をぼりぼりと齧（かじ）ることができたし、実際に歯応えを実感した。人類に申し訳ない気がしたがこれも選ばれた人間のみに許される特権だと我慢して貰うことにした。

　ちょっと待て、地球を喰（く）う？　全くそれじゃ俺様は神そのものになっちまったじゃないかクソッタレめ!!　俺は自分が思いがけず偉大なものになってしまったことに、ためらいを感じ、照れつつも激しく勃起し、テーブルの上に僅かに残った灰を吸い尽くすと、床に落ちている灰を見つけだしては片っ端から舐（な）めて回った。

　そして気がつくと床に大の字になっていた。

　最初の強烈な酩酊と多幸感は落ち着いていた。

　いまや灰本来の力と自分の内奥（ないおう）とが、浸潤（しんじゅん）しつつあるのを感じていた。

変化は【音】に顕れた。

初めはランダムに、いまや自分が寝ている上下左右あらゆる音を指向性マイクのように意識することで拾うことができた。

階上からは電話で話す女の声、階下ではテレビの音、鼾、そしてシャワーを使う音。

テレビ番組の音声もシャワー室の鼻歌すら聴き分けられた。

灰がドラッグと違うのは意思を隷属化しないことだった。俺は頭が冴えていることに驚いた。普通あれほどの多幸感を引き起こすドラッグは狂乱状態に近い躁を引き起こすのだが灰にはそういった欠点が全くなかった。

俺はゆっくり立ち上がると鏡を探し、なかを覗き込んだ。

自分が映っていた。歯を剝きだしても犬歯の伸びた形跡はなかった。

やはり成分比の問題だと思われた。しかし、たった０・０４％でこの有様だとすれば１００％完全な吸血鬼とは一体、どんな存在なのか想像もつかなかった。

俺はこの能力が思いも寄らぬ幸運をもたらしてくれることに気づいていた。

まずは強請から始めよう。そのうち金を貯めたらもっと高級なマンションへと移る。そこには法外な賃料を物ともせずに払える人間が集まっているはずだ。奴らから金を絞る方法はいくらでもある。何しろ壁の向こう側の話が俺には筒抜けなのだ。

そうして俺は高級クラブへも出入りするようになる。様々なスキャンダルや機密情報も手に入るだろう。そしてそれを誰に売れば一番高く買って貰えるかも全てカモが教えてくれる。税金を払う必要もなく、元手もいらない。

強請は明日からだって始められる類の商売なのだ。

まず明日からマンションの住人から手っ取り早く金を集める方法を考え、奴らに支払いをしてしまおう。全ては無理だろうが俺の状態を見れば奴らも人間足置きにしようなどという考えは改めるに違いない。それにさっきから蟲の気配が消えていた。俺は自分が既にドラッグを必要としていない躯になっていることを実感していた。

これから奴らとはビジネスパートナーとして付き合っていくのだ。

明日、陽が昇ったら自分にどれほどの日光の耐性があるのかを確認しなければならないが、何しろ0・04%だ。大事に至るはずもない。この分だと十字架や大蒜も問題ない。全くもって良いとこ取りしたようなものだ。なぜ親父はこのことに気がつかなかったのだろう。

全く間抜けな男だ。俺は押入で腐っている姿を思い出し、笑いたくなった。

と、ノックの音がしたのだ。

あの女だということは【音】でわかっていた。

「お願い！　開けて！」

女は怒鳴っていた。時間は午前二時を回っていた。

俺は黙っていたのだが、ついに隣室の住人が目を覚まし「うるせえな」と呟くのが壁ごしに聴こえては放っておくこともできない。

「はい」

ドアを細めに開けた途端、女は体当たりをしてきた。

男としては小柄な俺はドアごと吹っ飛ばされ、廊下に倒れた。

女は息荒く俺に跨（またが）ると襟首を掴んで引き起こし、そのままキスをしてきた。

俺は女を振り落とすと部屋の奥へと逃げた。醜い女ではなかったが行動が理解できない。

「ちょっ！　ちょっと待ってくれよ」

「待ってたのよ！　十年も！　いえ、もっともっと！」

女はワンピースの胸元に手を当て、ビリビリと紙のように引き裂いた。

豊満な胸が飛び出した。

「どこなの？　どこなら良いの？　首じゃないの？　ねえ？　ねえ？」

女が俺の首っ玉に齧り付き、俺たちは、また倒れてしまった。

「やめろ！　な？　やめろ！　落ち着け！　話をしよう。まずは話だ」

情けない話だが俺は女に押さえ込まれていた。

俺の言葉に女の表情がふっと変わった。

「あんたが来ないんなら、あたしから行くわ」

そう言うが早いか、女は俺に覆（おお）い被（かぶ）さってきた。

灼（や）けるような激痛が首に走り、俺は悲鳴をあげた。

ミシリミシリと、くっつけられた女の歯が俺の首を喰おうとしていた。

「やめろ！　助けて！」

突然、ぐいと女の顔が引き剝がされ、俺の前でベニヤを割るような音をたてぐるりと真反対になった。女の軀は俺から蹴落とされた。

太い作業ズボンがそそり立っていた。

「そうじゃねえんだよな」

二メートル近くもある男が女の代わりに俺に跨るといきなり首を絞めてきた。

俺は絶息し、空気を求めて喘いだ。

と、そこへ男が自分の首を密着させてきた。汗の臭いと塩辛い味が口のなかに広がった。

「咬め!! 早く咬めよ！　どうしたんだよ」

男はわけのわからないことを呟くと「仕方ねえな」と呟いてポケットからカッターを取りだした。キチキチと刃を出す音がする。

次の瞬間、ドブッと大きな血の塊が俺の口のなかに飛び込み、空気を求めて喘いでいた俺はまともにそれを吞み込んでしまった。

男は自分の喉を掻き切っていた。

「げぇ、げぇぇ」

吐こうとすればするほど血は後から後から口のなかに流れ込み、吐き戻した分が鼻へと逆流した。

「や、やべずえろ」

俺は死に物狂いで男を蹴り、男の下から這い出した。

盛大に出血した男は床に伸びたまま、気怠そうに俺を見つめた。

「おい。早くしてくれ。早く吸ってくれ。長いこと待っていたんだ。俺も不老不死にしてくれよ。何年も何年も俺はあんたを探し求めていたんだ。やっとこうして会えたんだ……」

男は大きく放屁すると動かなくなった。血がゆっくりと俺の爪先まで広がっていた。

立ち上がった途端、猛烈な吐き気が襲ってきた。

俺はユニットバスに駆け込むと跪きながら何度も何度も吐いた。

鮮血が破裂したように浴槽に跳ね返った。

錆臭く、鼻の奥がジーンと痺れた。唾がなかなか透明にならない。俺は何度も何度もうがいをした。

どうしてあんな奴らが立て続けにやってきたんだ。わけがわからなかった。ふたりとも俺に血を飲むことを要求し、俺が何者かを知っていた。どうやって知ったんだ。

俺は吐いて吐いて吐きまくり、なかば失神するように便器で放心してしまった。


ステッキが床を叩く音で我に返った。

突然、ドアが開けっ放しだと気づき、俺は立ち上がるとドアに飛びつき、鍵をかけチェーンをし、部屋に戻った。

帽子を被った黒衣の男がこちらに背を向けていた。

不思議なことに、そいつは床で血まみれになっている大男にも首を折られて死んでいる女にも目を向けず、テーブルの上のグラスを興味深そうに見つめていた。

俺はゆっくり近づくと大男のカッターを拾い上げた。

「君の声は実に耳障(みみざわ)りだな」

男は背を向けたまま呟いた。外国語訛(なま)り、バリトンに近く良く響いた。

「これらは単なるグルーピーだ。妙に霊感は働くが碌(ろく)な餌にはならん」

ステッキの先で死体を指した。

「なるほど、この小箱か。どこにでもある銀の安物に見えるが実に良くできている」

男は顔を向けた。長髪、象牙のような雰囲気だった。

「あんた、何の用だ」

「君は灰になった自分を想像したことがあるかね。灰になったまま永遠(とわ)に近い時間を過ごす自分を……」

俺は黙っていた。

この男からは呼吸音が聴こえてこなかった。

「不便でねえ。もう百年ほど眼鏡がかけられずにいたんだよ」

男が髪を掻き分けた。

左耳がなかった。

あるグレートマザーの告白

あたいは淫売が大嫌い。

生まれて最初にババアが言ったのが「あんた、自分の食い扶持ぐらい、そこらのチンコロチンポを吸って稼いでおいで！」だった。まあ、本当はその前にもいろいろ言われてたんだろうけれど、正直、八つになるやならずのあたいにとっては耳を疑うような言葉だったのさ。

だって、言わないだろう？　自分の娘に〈チンポ吸ってこい！〉なんてさ。まともな親なら「勉強しろ！」とか「子守しろ！」とか「手伝いしろ！」とか言うもんじゃないの？　で、当然のようにその時、一緒に遊んでいたシイド君も目を丸くしちまって。ウチに遊びに来なくなっちまった。オヤジが人殺しで刑務所に入ってるカレがビビって来なくなったんだから、あたいのババアは大した玉だったんだ。で、最低のゲス女だった。

ババアの親、つまりあたいの爺様は金貸しと人足請負で儲けた典型的な成金で、卑怯な手で随分、他人を泣かせたらしい。でも、そういう人間の才能のひとつとして『自分の罪をなかったことにする』ってのがあってね。爺さんも婆さんも、ついでに奴らの娘であって、あたいの母親でもあるババアも、その辺りに関しちゃしっかり天才的だった。つまり、人の足を踏んで相手が悲鳴をあげたら『大袈裟ねえ。踏んだ方の身にもなってよ』って言える連中だってこと。悪くはないのよ、それだって。世の中のどんな悪徳だってバレなきゃ良いんだし、バカ正直に暮らして他人にドアマットのように踏み付けられる奴隷生活なんか懲り懲りってのが普通でしょ。

だからあたいだって、ババアから最初、その話を聞いた時には悔しかった。なんで自分もあんたらのその糞ッたれクラブに交ぜてくれなかったのかよ！　ってね。そうなの、爺様はちんぴら成金の宿命でね、もっと強くて欲深で頭の良いスーパー成金どもの餌食になって、有り金の全てを、ブッこ抜きされた挙げ句に、すっぽんぽんで婆さんとババアともども床に溜まった埃のように掃き出されたの。

それからはお定まりのホームレス生活。店屋の生ゴミを猫や鴉と奪い合うような暮らしをしている間に爺さんは飲んだくれのスカポンになっちまったから、婆さん、仕方なくババアと一緒に親子で立ちんぼ始めたのね。ババアは町で。婆さんはホームレス相手に繁みや廃工場の土管のなかに段ボール敷いて駅の小便器より滓の詰まったボロマンコを売ってたらしい。確か一発いくらの目腐れ銭とか言ってたかな。で、当然、そんな稼ぎで満足するような奴らじゃないからさ、酔っぱらってトンチキ打ってるような与太公からは財布から靴からズボンまで剝ぎ取るんだって、とんだ山姥どもだよ。

そんな時に客のタレがババアの子袋に当たって生まれちゃったのがあたいだったの。本当に最低のタイミングだよね。赤ん坊の頃にどんな扱いされていたのかなんかは憶えちゃいないけど、気がつきゃ鴉焼いて喰ったり、人ン家に入り込んで飯盗んだりして喰うのが当たり前だと思ってた。婆とババアはいつも客引いて股開いてた。お巡りや尼さんみたいなのが来ると引っ越し。爺は婆とババアがいないと「リリーの割れ目見せてぇやい」っつって、あたいのマンチョばっかり眺めてた。

で、あるときから爺がえらく臭くなった。春先から臭くなり出して、梅雨になって、夏になったらもう堪えらんない。鼻は曲がるわ、髪の根元がざわざわ痒くなるような変な臭いなんだ。怒った婆とババアが、喚く爺を押さえ込んで服を取りはぐったら尻と足の指がパルメザンチーズを塗り込んだみたいに白く黴びて腐ってたんだって。そのうちに帆布家近くの淫売仲間からも臭い臭いって文句が出るから、仕方なく医者に診せたんだよ。勿論、医者に診せる金なんかないっていうか、爺に金なんか掛けていられないからババアをよく買ってた乞食女好きの莫迦医者がいたんで、そいつに見て貰った。そしたら『こいつは脱壊疽だ。足を膝から下は切断しなくちゃならん。尻はしらん』って。それを聞いたときの爺とババアたちの反応は忘れらんなかった。爺はひぇって叫んだまんま、目ん玉ひん剝いて震えてたし、ババアたちはなんだか嬉しそうでね。なんだか「遠足に連れてってやる」って言われたのかと、あたいは一瞬、勘違いしちまったぐらいだよ。

ババアどもは爺を満月の夜まで放っておいたな。それで或る夜、寝てたら叩き起こされて、ババアが爺を背負ってるわけ。その頃になると爺は昼間はずっと寝ていて、たまに夜中に大声で叫んだりしてた。全身が腫れぼったくなっていて、触ると火が付いてるみたいに熱かった。もう、あたいに「割れ目見せろ」も言わなかったし、日がな一日、まんぶるまんぶるしてるだけ。そんな爺を背負い上げたババァと婆の後をあたいもついて行かされたんだ。河原の帆布家から下流に向かって歩いてさ。爺はなんだか気分でも良いのか鼻歌なんかやってた。風がゆっくり吹く、道の明るい夜だった。途中二度ほど休んで、婆は爺に珍しくスコッチを飲ませてやってたよ。爺はますます上機嫌になってさ。手拍子なんかして、♪夜中の饅頭は血だらけぇ、毛だらけぇ〜♪なんて唄ってた。

　あたいたちは石炭運搬用貨車の操車場にやってきた。夜中の作業は終わってないみたいで。離れたところから時々、警笛やガッチャン、ガッチャンて貨車と貨車の連結する音が聞こえてきたっけ。ババァが爺を線路脇に落っことすと婆が白い扱きで腐ったほうの足首を結わいつけた。爺はなんだか半分眠ってるみたいで、なにをされてもまんぶるまんぶる。にやにや笑ってやがったな。

　結わい終えると婆は爺の足を線路の上に結わいた扱きの先っちょを持って向こう側に回った。

「ほら！　ぼやぼやすんじゃないよ！」いきなり人の頭を出っ張った尻みたく、ぶっ叩きやがってババァが爺の両腕を持って引っ張った。

「早く！　汽車が来ちまうじゃないか！」

　そこであたいは初めてババァどもがなにを企んでるのかわかった。だってさ奴ら、爺を線路の上で大の字にして引っ張ってるんだよ。目ん玉でも潰れてない限り、いくらなんでも九つの子だって、そのうちそこでなにが起きるかはわかろうってモンだろ。婆が歯のない口から舌を覗かせぺろりと口の周りを一周舐め上げるのが見えた。あたいは爺の腕の一方を渡されていたんだけれど、横にくっつくようにしていたババアの心臓の鼓動が如何(いか)にも嬉しそうにドキドキしてるのが、ぼろぼろの服越しにもわかるほどだった。

暫(しばら)くすると少し離れたところで鉄と鉄が頭突きくらわせたみたいな音がした。後であれがポイントってのが切り替わった音だったんだとわかったけど、その時はとにかく馬鹿でかい金槌(かなづち)でそこらの空気を引っぱたくみたいで、やたらと怖かった。爺はなんだかその段になっても夢見心地で、へらへらしてた。貨車同士がぶつかるような音がすると目の前の線路がびりびり震えた。そしたらすぐに黒い影がうっそりと迫ってきて（それは本当は貨車の最後部でバックしてきてたんだけどね）、軽く地面が揺れたんだ。線路の向こう側で興奮した婆が奇妙な歓声をあげた。ババアも爺の腕に力を込め直すと引っ張ったんだ。剃刀(かみそり)みたいに光ってる線路の上には爺の足が乗っかってる。大きな壁がぐんぐんと迫るとやがてそれが目の前を通過したんだ。悲鳴も何もありゃしないよ、貨車の音がうるさくってね。ただ狂ったみたいに暴れた爺がババアの手を振り解(ほど)くとどっかに行っちまったんだ。

嘘(うそ)だと思うだろ？　あたいも信じられなかったんだけど爺は本当にピョコタンピョコタン跳ねていった。ババアどもがすぐに後を追っかけると停車中の貨物の陰で爺は猟銃でも構えるみたいに右足を大事そうに抱えてベソかいていた。おかしいだろ？　だって左足だって中途半端に切断されてるんだよ。なのに右足だけ後生大事そうに抱えてさあ。やっぱり人間ってのはいち時に、ひとつのことしかできないんだね。それからは婆とババアは大喜びさ、爺の臭いの元は無くなったんだからね。それに足を切り落としてからの爺は草みたいになっちゃってさ。あんまり物も言わないし、笑ったり怒ったりもしない、たまにかつては爪先やら踵やらがあった足の断端を懐かしそうに撫でるだけになったんだ。あの後、爺を背負ってババアが帆布家に戻ると、婆が空いた鉄の缶で練炭を真っ赤に焼いて、その光ったところに爺の足の残骸を押し当てた。水の爆ぜる音がすると爺はおならをして白目を剝いたんだ。ババアは汚いシーツを裂いて爺の足をくるんだ。なんだかそれは縮んだ肉の真ん中から棒みたいに泥と毛の付いた白い骨が突き出していて、えらく雑に見えた。

「これじゃあ、歩きづらいよ」と婆はそう言うと錆びた鉄鋏で骨をねじ切った。刃が骨をこじる度、ぬらぬらと透明の汁が溢れたのを憶えている。

　婆とババアは爺の足を切り落としたおかげで厄介払いはこれで済んだとでも言うように清清した気分だったんだろうけど、本当の厄介はそれから始まった。爺が前よりも臭くて、どうしようもなくなっちまったんだ。草のような爺が膨れ始めたのが半月ぐらいしてからのことだった。なんだかいつも蝸牛みたいに粘っこい汁を全身から垂らしていたんだけれど、それが臭くなってきたんだな。それにシーツの包帯の上に何匹も蛆が這い回るようにもなっていた。

「もう爺は駄目だ」或る夜、包帯を取りはぐった婆は黒い棒のようになって臭い汁を染み出させている爺の足を見てそう呟くと昼間拾ってきていた割れて半分になった鉄の玉を寝ている爺の顔の上に落とした。玉は泥を突いたような音をさせて転がり、爺は低く呻くと血泡を吹いて動かなくなった。

「川に流すよ」婆はババアに手伝わせると爺の躰（からだ）を持ち上げた。と、その瞬間、爺は婆を両手で引き寄せると顔を吸った。ババアは手を離し、爺は婆の頭を摑んだまま床に転がった。ふたりは、荒い息をするだけでなにも言わずに戦った。頻（しき）りに婆は爺の顔を掻き毟（むし）り、引き剝がそうと頑張った。加勢するでもなくババアは離れたところで爪を嚙みながらニヤついていた。きっともっと酷（ひど）いことが起きるのを期待していたんだ。と、突然、婆が短い悲鳴を上げた。が、それでも爺は婆を離そうとはせず、頰をべっこりと窪（くぼ）ませていた。婆が爺の頸（くび）に手を掛けた。爺の指が蜘蛛（くも）のように婆の顔を這うと口を付けているのとは別の目玉を探し当て、なかに潜り込んだ。婆が爺の頭を首を絞めながら床に打ち付けた。爺は婆の目玉に突っ込んだ指だけを更に深く食い込ませようと、その一点だけに集中していた。やがて婆が「げゃ」と叫び、爺から飛び退（の）くとそのまま仰向（あおむ）けに転がった。

　爺の口から何かがこちらを覗いていた。目玉だった。婆の目玉を吸い取った爺は三つの目で婆とババアとあたいを見回した。爺は微笑（ほほえ）んでいた。俺は最期（さいご）にやってやったぞという笑みだった。いろいろと好き勝手におまえたちにやられていたけれども、最期には帳尻を合わせてやったぞという顔だった。

　それが、あたいをまともに見たとき、あたいは躰が竦（すく）んだ。毛穴から汗が噴き出し、舌が口の中で丸まった。生まれて初めて恐怖というものを感じた瞬間だった。

　げひんっと奇妙な音がし、爺の顔が凹（へこ）んだ。そして黒い影が爺の顔の上に襲いかかるたびに爺の顔は少しずつなくなって、赤い汁と桃色の肉になった。ババアが壊れた鍬（くわ）で爺の顔面を滅茶苦茶に殴りつけていた。爺はシャツから覗く頸から上が肉の花束のようになって動かなくなった。ババアが肩で息をしていた。両目を潰された婆は口を開けっぱなしで倒れていた。

ふたりとも死んでいた。

早朝、カササギの目の前であたいたちは爺と婆を仲良く川に流した。婆はすぐに沈んで姿が見えなくなり、爺はジャケットを浮き沈みさせながら流れていった。黒い泥のような躰にカササギが一度止まり、爺を啄(ついば)むと再び、別の場所に飛び去った。

「いいかい、これからはあんたとあたしだ」

翌日から、あたいは客を取らされた。十二になる歳(とし)の夏のことだった。

最初にババアが連れてきた客はベンゾという板金屋の親父で帆布家のなかでババアにマンコをした後で、あたいのほうに向かってきた。「ほら、勉強なんだからちゃんとしな。多かれ少なかれ女はこんな仕組みで生きていくしか他にないんだから」

ババアは自分から抜いたベンゾの先っちょをあたいに向けた。あたいはそれを舐めさせられたんだけれど、先っちょにはババアのウンチが付いていた。ケツの穴を使ったんだ。あたいは胸が悪くなり、吐いた。ベンゾの足に引っかけたが彼は気にする風でもなく「うふふ」と笑っただけだった。

ババアはベンゾを実験台にしてあたいに色々と淫売のテクを教えた。あたいは何度も吐き、そしてなにも感じなくなっていった。ベンゾや他の男があたいの躰を使っている間、あたいは奴らの酷い死に様を想像することで時間を潰した。それは思った以上に愉(たの)しく、厭(いや)なことを忘れさせた。

あたいは何度か妊娠し、ババアに手伝って貰ったり貰わなかったりして堕ろした。ところが十五の歳にできた餓鬼だけがどうしても堕りなかった。石を抱いたり、尻を冷水につけたり、時には客に腹を殴らせてもみたけれどうまくいかない。悪い酒と悪い薬を飲んでもみたけれど、うまくいかず、ババアもあたいもクタクタになってしまった。客である産科の医者にも相談し、堕胎薬を飲んだり打ったりもしたけれど効果がなく、次の年、残念なことに餓鬼が生まれてしまった。あたいは餓鬼を石で叩き潰してしまおうと思ったが、振り上げたところで思いとどまった。餓鬼の癖に黒々とした髪と赤い唇をもつ餓鬼は乱暴に放り出されたにもかかわらず、泣きもせずまっすぐにあたいを睨み付けていた。

「たいした玉だね、見たことないよ、こんな餓鬼」餓鬼を覗き込んだババアが呟いた。そのとき、あたいの腹は決まった。こいつを滅茶苦茶な化け物にすることにしてやる、あたいはそう思ったんだ。

あたいとババアは餓鬼を連れて引っ越すことに決めた。行きがけの駄賃にババアとあたいは近所のホームレス仲間の帆布家を片っ端から漁って金目の物を盗んで回った。奴らが普段、どこへなにをしに行くか、なにをしているかは把握していたんで、隙を突くのは容易かった。

気が済むまで離れたあたいたちは最初のうちは河原に住んでいたんだけれど、そのうち立ちんぼで捕まえた爺が独り暮らしなのを知るとそこへ潜り込むことにした。

あたいは売女商売が反吐がでるほど嫌いだった癖にそれしか他にできることもないので、厭だ厭だと思いながら我慢して続けるうちに、割と気にならなくなっていた。それと、そんなことよりもっと大きなことのおかげであたいはマンコが乾く間もないほど淫売稼業に専念することができた。それはとにもかくにもあの餓鬼を世界一の人でなしに育て上げ、今まであたいをくそ同然に扱ってきた世の中って奴に肝が引きちぎれるほどの煮え湯を飲ませるってことだった。訳知り顔で道をほっつき歩いている家族連れの真ん前で、あたいの餓鬼が、そいつらの餓鬼の頭を林檎のように齧ってやったら、どんなに驚くだろうと思うとそれだけでエクスタシーが二回もやって来そうになった。

　餓鬼に物心がつくようになるとあたいは餓鬼の目の前で客に殴りつけてもらったりした。餓鬼は目をまん丸くさせて泣いたり喚いたりしたが、あたいが頼んだ客にそんなことぐらいで手を止めるようなふにゃちんはひとりもいなかった。餓鬼の涙に興奮し、かえって殴る力が倍増する手合いばかりで泣いても無駄だと知った餓鬼は客にしがみついたりもし、部屋の隅に投げ飛ばされた。餓鬼は暗い目をして客があたいを更に殴りつけたり、犯したりするのを見つめていた。終わるとあたいは餓鬼を抱いて、どんなに世の中が出来損ないで、依怙贔屓で、冷酷なものかを嘆いて見せた。餓鬼は目を見開きながら、あたいの話を聞いていた。

　ババアはその頃になると妙な具合に部屋の持ち主である爺と懇ろになっちまって世話を焼くようになっていた。爺は餓鬼とあたいを段々、毛嫌いするようになり、平気で穀潰しだ、寄生虫だと罵るようになった。爺がなんだかんだで喚くのは仕方がないけれど、ババアまでが尻馬に乗るのがどうしてもむかっ腹が立った。あたいはある日、ババアに跨ってる爺を後ろから煉瓦ブロックで殴りつけてやった、一発で爺は降参すると踏んでたんだけれど、予想外に爺は抵抗し、タフで逆にあたいが組み伏せられてしまった。爺はババアを呼びつけると、ゴミ箱から鏡の破片を拾わせ、それであたいの顔を何度も切った。鋭利な切っ先で簡単に頬の皮が抉れるのがわかった。爺は切り口によぼくれた唇を押しつけると音を立てて吸いやがった。吸引される度に皮の内側で頬の筋肉が持ち上がり痛みが走った。と突然、爺越しにあたいにまで衝撃が走り、目の奥が真っ黒になった。爺が離れたので見ると餓鬼がブロックを摑んで爺を何度も殴りつけていた。餓鬼はそろそろ生まれて十年目になろうとしていたところだけれど頭は丼でも躰は大きい方だった。

爺の顔はアッという間に真っ赤になり、顔を庇おうとする両手がぶるぶると痙攣を始めた。あたいが餓鬼の手を摑んで制止すると奴は獣のような唸り声を上げ、顔に撥ねた爺の血を横殴りに拭いた。爺が動かなくなるとババアはあたいに「こいつ本当は虫が好かなかったんだ」とお追従を始めた。あたいは「へえ。そうなの」と軽く返事をし、ババアの目玉に指を突っ込んで搔き混ぜてやった。婆は灼けた耳搔きを突っ込まれたような悲鳴をあげて床の上を転げ回った。あたいは餓鬼を褒めてやると、褒美に男にしてやった。餓鬼は大喜びでそれから一年近く猿になった。あたいは餓鬼がもっともっと〈悪〉になるように動物殺しを日課にさせた。餓鬼はやりたいばっかりに必死になって犬や猫を殺してはその証に首を持ってきた。あたいは餓鬼に記録として爺の庭に獲物のお墓を作るように命じた。お墓は順調に数を増やしていった。両目を失ったババアは暴行を加えられてから死人のように寝たきりになった爺の世話をしながら餓鬼の鬱憤晴らしの道具になったかのように気分次第で殴られたり、蹴られたり、躰を焼かれたりするようになった。一時は無理矢理、糞を挟んだサンドイッチを喰わされてもいた。

　あたいは餓鬼に〈いつまでも生き物を殺したり、人を殴りつけたりしたかったら決して、捕まらないこと〉を念仏のように常に唱えた。あたいの上に乗っかっている間も、あたいは餓鬼にそれを繰り返し、餓鬼は頷きながら暗唱した。餓鬼はそのうちに犬や猫だけじゃなく人の家から金も盗むようになった。それは全くの犯罪じゃないかとあたいは思ったけれど、爺が削いだ顔面は缶の錆が傷に回っちまったらしく、紫や緑に切り口が変色し、治りが悪く、いつまでも膨らんでは膿が流れていた。勢い、そういうのが好きだという客以外は淫売も寂れが出てきてうまくいかなかったのだ。それを思うと餓鬼が金をくすねてくるのは親孝行なことだった。餓鬼は犬や猫を殺すのに奇妙なお手製の武器を拵えていた。つまり靴の爪先に釘を仕込んでおき強く蹴り出すことによって飛び出しナイフのように突き出たり、折り畳み式の物差しのようなものを作っては、塀や庇など手の届かないところにいる猫の躰を貫通させたりした。

「あんたは妙なことを考えるねえ」と言うと餓鬼は「うふふ」と笑い、部屋の隅から紙の束を持ってきた。それらは教科書の切れ端だったり、全部だったりした。奴は金と一緒にこういう物も盗んできてはひとりで読んでいたらしい。「オレ、トショカンニモイッテル。オモシロイ」餓鬼はたどたどしい口調でそう呟いた。つまらないこと憶えるんじゃないよと注意すると図書館の本は盗みやすいし、読んだら売るんだと言い返してきた。本を読むようになった餓鬼はそれから時折、あたいにいろんなことを質問してきた。「良いことと悪いこと」「罰があたるということ」

「迷惑と自分勝手」「満足と我慢」「自分の不幸と他人の不幸」「努力と環境」だいたいこんな感じのこと。あたいはそうしたことのひとつひとつを丁寧に潰していった。好きなだけ奴に反論させ、それでもグゥの音も出ないように、あたいの考え方を染みこませた。此処が肝心だと思った、自分がまだまともになれるなんて思わせてはならなかった。自分は絶対にまともになんかなれない、世間からしたら屑の出来損ないであって、それは仕方のないことだと思わせなくてはならなかった。自分が不幸で不満で怒りに燃えたぎることがあっても、それは世間にそうなるように押しつけられ、生まれてしまったからだとも思わせなくちゃならなかった。

餓鬼はあたいの講釈が終わると、暫くひとりで考え込むようになった。あたいはそんな塞ぎの虫に餓鬼が取り憑かれるとまたぞろ客に頼んで目の前であたいを強姦したように見せかけて貰って餓鬼の目を覚ましていた。ところがある日、客の手が滑って餓鬼の顔を斜めに指輪の爪で裂いてしまった。しめたと思ったあたいは手当のふりをして腐った黴混じりの土を擦り込んだ。案の定、傷は爛れ、餓鬼の顔には醜い傷が残った。高熱にうなされ、悶え苦しみ、それがすっかり去った頃には優しい顔だちは半分だけになって、残りはいつも笑ってるような引き攣れになった。外出する度に人が餓鬼の顔へ汚らしい物を見るような視線を送るのが嬉しくて堪らなかった。

奴はますます暗くなり、犬や猫を単に殺すだけじゃなく引き千切ったり、時間をかけて磨り潰したり、生きたまま焼き殺したりするようになった。要は殺したという〈結果〉よりも、どう殺されていったかという〈過程〉を楽しむようになってきたんだ。あたいは嬉しかった。

しかし、そんなときに現れたのがマリだった。マリは餓鬼より二十も年上の水商売の女だった。

なんだか餓鬼の様子が見る見るうちにおかしくなっていったので不審に思っていると、図書館でマリに声を掛けられたのだと言った。マリは餓鬼をあたいと真逆の形で洗脳しようとしていた。全く余計なお節介としか言いようがないが、マリは餓鬼の行為のあれこれに文句を付け、それは怖ろしいこと、してはいけないこと、忌まわしいことと教科書みたいなことを刷り込み始めやがった。

餓鬼はまずあたいと寝るのを止め、次に犬猫殺しを止めた。バカみたいに図書館に籠もりっきりになり、朝から晩まで〈勉強〉をした。あたいはこれが我が子なのかと思うと涙が出た。

マリは年の差なんか関係ないと餓鬼に宣言し、一緒に暮らし始めた。マリの狭い部屋で餓鬼は同棲を始めた。既に十五にはなっていた。あたいはマリのアパートを急襲すると奴らを殴りつけ、殺すといって包丁を取り出したりした。その度に餓鬼は死に物狂いでマリを守った。

そんな餓鬼の姿は見たくなかった。

話によるとマリはある地方都市の教師の娘だということで、それが身を持ち崩しての水商売。デブでたいして綺麗でもなく、頭だって良くない。なぜ、そんな低級な女に餓鬼が惹かれたのか理解できなかったが、とにかく餓鬼はあたいが理想とする生き物からはほど遠くなっていった。あたいは餓鬼の前でマリに、今まで躰を売ったり人から盗んだりしてコツコツ貯めた札束を並べ、餓鬼と別れてくれるように頼んだ。ところがマリは意にも介さぬ風情で別れるとは言わず、それを聞いた餓鬼はハラハラと涙をこぼしてやがった。頭にきたあたいがマリに飛びつき、〈殺してやる〉と叫んで首を絞めた。

すると餓鬼があたいを殴り倒し、マリに二度と近づくなと脅しやがった。全くなんて餓鬼だろう。親の恩も知らずに、あたいはそう喚き立て部屋をおんでた。

そろそろ仕上げの時期だと感じたあたいはババアを呼び出すと部屋に泊まるように命令した。

三日後、真夜中にいきなりベッドが殴りつけられるとバットを持った餓鬼とマリが部屋のなかに立っていた。餓鬼は震え、興奮していた。マリが餓鬼に指図し、あたいの隠し金を探させる。しばらくあたふたと奴らに部屋のなかを掻き回させたところで、あたいはマリの携帯に電話を掛けた。

「マリ、布団を捲ってみなよ。その餓鬼はあんたにやるよ。ふたりで刑務所の畳を温めな」

顔面蒼白になったマリは餓鬼に布団を捲らせ、猿ぐつわをはめられたババアの骸とご対面した。マリは腰を抜かし、何事かを餓鬼に向かって喚きだした。それは今までに見せたこともないマリの姿だったろうし、餓鬼は見るも哀れにオロオロしていた。

が、次にマリが喚き出したところで餓鬼の表情が一変した。首を振り「嘘だろ」と何度も唇が動くのが反対側のマンションの屋上から双眼鏡を使っているあたいからもよく見えた。

マリは激昂し、餓鬼を罵った。顔に指を当て、「醜い」「ばけもの」を連呼した。

もともと借金漬けで首の回らなかったマリに、餓鬼をたぶらかすよう頼んだのはあたいだった。あたいは奴に割の良いバイトとして餓鬼を一瞬だけ〈まともな道〉にしけ込むガイドをさせたんだ。徹底的な悪を育てるには善のことも知っておく必要があるからね。いや、正確にいうと善で絶望しておく必要が……。

抱きすがろうとする餓鬼をマリは殴りつけ、唾を吐きかけた。そして奴は自分の恋人の写真を餓鬼に見せつけた。あれがマリのレコなんだ。餓鬼は床に膝をつき、顔を覆った。マリが冷笑し、外に出ようとした。

餓鬼は早かった。アッという間にマリに襲いかかると絶命させた。あたいは感動で胸が熱くなった。餓鬼は立派な化け物、人殺しになってくれたんだ。

あたいはなぜか十字を切って神に感謝した。

部屋に戻ると餓鬼はマリの死体を膝に載せて呆然としていた。

「わかったろ。世の中にまともなことなんか、ひとつもありゃしないんだ。二度と自分の大切なものを他人に触らせたりしちゃいけないよ」

餓鬼は頷いた。

それからの餓鬼は親の目から見ても残虐で冷酷で悪賢くなった。

そして二十歳を過ぎると不意に姿を消したんだ。

それでも時折、あたいは餓鬼がやったんだろうと思う事件を新聞で見つけると嬉しくなった。親子離ればなれになったとしても餓鬼は立派にやっている。そう思うだけでぞくぞくした。

そのうち淫売で食えなくなったあたいはあちこちを放浪し、掃除婦やゴミ拾いで生活していた。

ある時、餓鬼らしい風采の男が捕まって絞首刑になったと聞かされた。別に哀しくもなかったけれど、これっぽちのことで終わりというのも妙に寂しくてさ。

あたいは毎日毎日、地獄の神様に〈もっと酷いことにしてください〉って餓鬼の魂が何かに乗り移ったりして滅茶苦茶なことになりますようにと祈っていたんだよ。

躰も弱ってきたしね、なんだか自分がこのまま終わるのじゃ、つまらなすぎてさ、かといって

今更、何かできるわけじゃなし、とにかく祈って祈って祈り続けた。

そしたらどこかのお医者が餓鬼の脳だけを取り出して瓶詰めにしてくれていたんだって！

うん、そうなんだよ、そこから先はあんたらのほうがよく知っているとおりになったのさ。

餓鬼は継(つ)ぎ接(は)ぎの死人の頭のお鉢に収まったっていうじゃないか。

本当にめでたしめでたしさ……。

裏キオクストック発、最終便

気分は最悪だった。しかし、ハンドルを利用した感情測定器（エモメーター）の分析では、ここ数年、日本人ならばそれが正常域だということを示していた。

非番だというのに本庁から十四号棟のオギノの元へ修復に向かえと命令があったのが昼過ぎ、チャチャとのデートに出掛けようとしていた俺は「今日は無理です」と言ったのだが、課長は電話ではなく自動発信機に切り替えていたので茶筒相手に文句を言っても仕方がなかった。

二時に渋谷で待ち合わせだったので俺はチャチャに電話を入れたのだが、捕まらない。きっと既に出てしまっているか、地下鉄にでも乗ってしまっているのだろう。またこれで機嫌を損（そこ）ねるのは必至だし、チャチャは一旦こじれると直るまでが長い。

十四号棟は【選（せん）】に漏れた人間も多く、なかには野生化してしまったのもいるので仲間内でも敬遠されている区域（エリア）だった。公団なのだが管理課が見捨てているのは明らかで、玄関ホールの壁には『ＦＵＣＫ』だの『ジュテームといった唇を二度踏みつけてやる』などといった読むに堪えない落書きと、ファクド系の〈トリプルメガジャンボブルーチーズバーガー〉〈病身鳥ナゲット〉

などの重油系ジャンクフードの包み紙やコンビニのレジ袋が吹きさらしの風で隅にわだかまっていた。集合ポストから手紙のひとつふたつも持って行ってやれば点数稼ぎになるのでオギノの部屋のポストを覗いてみたが、なかにあるのはホテトルやデリヘルやマンヘルやボリヘルのチラシと税金、ガス、電気、電話料金の請求書のみ、これでは逆に機嫌を損ねてしまう。

溜息交じりにエレベーターの前に立って振り返ると何やら風の吹き方も建物に籠もる湿気った香りもスラムっぽい。腐りかけのセメント製、人間缶詰といった趣が滴るほどだった。

オギノは四十七歳になる女で離婚歴が一回、子どもはいない。現在は駅前のスーパーで精肉の切り分けをパートで行っていた。数多いる凶悪犯のなかでも特に犯歴に目立つところがあるわけではないが【糸】の対象となるのは【ソロモン】による無作為抽出の結果であるから、俺たち【犍陀多】が口を出せることではなかった。

彼女の部屋は十三階にあった。チャイムを押して暫くすると内側で「ほふぁいふ」という生温い声がし、ドアが開けられた。

「あら、クドーさん。おはようございます」

太り気味というよりは明らかに太った女が曖昧な笑みを貼り付け顔を覗かせた。その丸々とした腕には部屋の酸っぱい臭いの元にもなっている白い毛玉に目鼻を打ったようなブス猫が抱きしめられていた。奴は苦しいのか俺が嫌いなのか、たぶん両方なのだろう、左右色違いの瞳で俺を睨みつけ、オギノの御愛想とは実に対照的であったけれど、却ってその態度のほうが【犍陀多】を迎える態度としては正しいような気がした。

「御連絡を戴(いただ)いたようですね」

俺の言葉にオギノはぽかんと口を開け、その後、さも誰かに聞かれては大変だというように「しっ」と唇に指を当て、天井から足下までをぐるりぐるりと見遣(みや)った。

「奴らが起きるわ」

状態はレベル3ほどに思え、であるならばオギノの修復後、即座にチャチャに電話をしてもデートをするには遅すぎるといったことになる。俺は驚くほどの細身にFカップという抜群のチャチャの胸を思い出し、悔しくなった。此(これ)でもう何ヶ月逢(あ)えないのだろう、チャチャは別の男を見つけて去ってしまうかもしれない。いや、既にその準備に入っていたらどうしよう……とてもまともではいられなくなってしまう。

「本当なのよ」

オギノは俺が信じていないとでも思ったのか、念を押すようにもう一度囁(ささや)くと、おいでおいでと手招きしながら部屋の奥へ俺を誘った。部屋は2DKのコンパクトなもので独り暮らしには充分すぎる広さだった。テレビと小さなテーブル、箪笥(たんす)、猫の便所がある部屋の隣にベッドの部屋がある。テーブルには吸い殻が山になった灰皿と芸能スキャンダル以外何も載っていない女性誌、ポテトチップスと重油セットのジャンクフードの包み紙が散らかっていた。

「天井のあそこの部分にボーッと顔が浮かんだのが始まりよ」オギノはそう言って白いモルタルボードを指差した。【呵責像(かしやくぞう)】の投影としては典型的な場所だった。

【ソロモン】の【系】による救済も万能ではない。こうした幻影が生じるのは個人の精神の強(きょう)

靭さと罪の深さにもよるが大抵、一、二度は起きる。重要なのは、これら【呵責像】は早めに修復してやるということだった。でなければ早晩、手に負えぬほどの状態となり、結果、何が生まれるかは新聞の三面記事を読めば答えがずらずらと書いてある。当然、こうした事態になれば担当管理者の【犍陀多】だけではなく、その上司も一蓮托生で責任を追及される。二〇一〇年、渋谷で三浪中の医学部志望生、ウキタカゴメが引き起こした所謂、『センター街電動ノコ大殺戮』の際には【犍陀多】五人と部課長級の担当者全員がウラジオストックやサハリン支局への出向を命じられ、未だに誰一人として帰還しておらず、おかげで四課は事実上壊滅してしまったのである。

その後の調べで事件を引き起こす以前から、ウキタは改善記憶の変調を示す訴えを起こしていたことが判明した。しかし、そうした訴えを当時の担当【犍陀多】は業務に忙殺されていたことを理由に根本的な対応を延ばし延ばしにしていたのであり、またそれに気づきながら上司も【国際メンタルサミット】で発表する次世代型【糸】の開発に追われていたのを理由に徹底的な改善指導を命じなかったのである。

それを期に俺たち【犍陀多】全員に再教育が行われ、担当する人数も大幅に減らされることになった。が、それはより緻密に管理保守せよということであり、仕事が楽になったという印象は全く無く、逆に今回のオギノのように【呵責像】の訴えなどがあると、即座に対応せねばならぬなど、以前とは比べものにならないほど窮屈になっていた。

「いいか。【糸】の効果を根本から消去してしまうサインが【呵責像】なのだ。あれは虫歯と同じで決して自然治癒することはない。つまり、【呵責像】の主訴が出た時点で、その人間の海馬では何かが燃え始めているということだ。放っておけばボヤは大火事となり、人格の全崩壊を引き起こす。そうなる前に消し止めておかなければならん。家の何処かが燃えているのに安心して生活できる人間がいるはずもない。我々はそれらを早期に発見し、消火する義務と権利を有しているのだ」同期が地の果てに飛ばされていったのを目の当たりにした課長は週明け定例のテレビ朝礼でたびたびそうしたことを口にした。

オギノの「部屋に幽霊が出る」という訴えは正に典型的な改善記憶の綻びを示しており、【糸】の再強化が必須だった。

「ほう、それは気持ちが悪いですね。詳しく教えて貰えませんか」

「あれは二ヶ月ほど前のことだったんだけど」

パートから帰ってきたオギノは壁に小さな染みの浮いているのに気づいた。染みは三本指を立てたようなもので当初は気にならなかったのだが、ある日、気がつくと少し大きくなっているように思えてきたという。

「大きく膨らんでたのね。染みが広がるっていうのもわからないではないんだけど、別に水が染みたりするような場所ではないし」

オギノはそう言うと台所の壁の前に立った。銀行の名前の入った月替えカレンダーが向日葵のピンで留めてあり、その横に神社で買ったらしきお札が貼ってあった。

「今はこのお札の力でなんとかなっているような気がするんだけど」

染みが大きくなっていると感じていた頃、夜になって帰宅した途端『おかえり』という声とぱたぱたという足音が部屋の暗がりから向かってきたのだという。

「ああ、もうこれで駄目だ。我慢の限界、決定打がきたと思った。だからパートの友達で信頼できる人に相談したのよ。そしたらこのアパートの裏手にある日水神社が効くよって。熊野権現の関係だから効くよって。そう言われたのよ。それで貼ったわけ。そしたらここの染みは治まったんだけどね」

オギノはカレンダーをぺろりとめくり、天井と同色の白い壁を俺に見せた。

俺はオギノの瞳孔が左右に微動していないか確かめるため真剣に聴き入るふりをした。そんな俺の態度にオギノは気を良くしたらしく、更に捲したて始めた。俺の胸ポケットに差してあるノック部分に河童の飾りの付いたシャーペン型ICレコーダーにはチャイムを押した当初からの録音が完璧になされているはずだった。

「でも、部屋のなかのわさわさした感じがどうしても治まらなくってさ」オギノはそう言いながら俺に軀をぶつけるようにくっつけてきた。乳房というよりも胸の贅肉の感触が腕に当たる。オギノは俺の反応を窺っているようだったが、勿論、俺はポーカーフェイスのままだ。チャチャに比べればオギノは駅の階段にへばりついているガムにしか感じられない。しかし、こうした【選】の状態にある人間の不安定な精神に付け込む【犍陀多】がいるらしいということは噂で聞いていた。俺にとっては有り得ないことだった。

「それで昨日、ベッドに入ってうとうとしていたら天井裏で物音がするのね。人なんか入れる筈もないから、疲れすぎて神経が高ぶっているんだと思ってたの。そしたらあそこ」

　オギノは最前の部分を指差した。

「こう黒い塊がゆっくり生まれてたの。最初はただの染みだったのに……見る間に人の頭になって。それがずずっ、ずずって天井から生えてきたのよ」唖然としたオギノの前で、それはたっぷり時間を掛けながら額から目までを現したのだという。

「もう怖くて怖くて狂いそうだった。そしたら不意に廊下の暗がりで〈ママ〉って。子どもの泣くような声がしたのね。振り返ると頭蓋を縦に分断した六つぐらいの子どもが手を振っていたの。こう中身がね、中身が。あのディスプレーあるじゃない。しゃぶしゃぶや、すき焼きをやっている店の。わかる？　こう肉を薔薇の形に似せて飾ってある奴。あんな風に中身が見えていたの。それが立っていたのよ。それで電話しちゃったの」

　キンコンカンコン、キンコンカンコン、俺のなかでチャチャとのデートが御破算になった合図の鐘が鳴り響いた。オギノは軽く見積もってもレベル3を楽々越え、5に差し掛かっている。危険水域だ。

「気をつけてね。こうやって噂しているだけでも奴らずむずむしちゃってるに違いないんだから。そしたらずむずむやられちゃう」

　オギノは擬声語を口にした。俺の報告書を読んだら課長はオギノをセンター送りにするだろうか。俺は全身チューブで繋がれ、こんこんと眠って年を取るだけの人間が体育館のような巨大な病室で何百人も並んでいる光景を思い出した。それはまさに矯正というよりは栽培といったほうが近い感じがした。

「取り敢えず、不安を取り除きましょう。その後、こちらのほうでそうした現象の起きないようにしておきますから」

俺の言葉にオギノは少し怒ったような顔をした。事態はそれほど単純簡単に治まるはずがないと思っているのだ。記憶阻害が始まっている人間にはまま見られる反応であり、驚くには値しない。但し、此方の意図が感知されないように充分、注意する必要はあった。どんなことにも綻びは存在し、ダムを決壊させる大崩壊も、おしなべて小さな綻びから始まる。俺は何度もオギノの顔色を見ながら頷き返した。

「それではちょっと横になって下さい」俺はオギノをベッドに寝かせると、アタッシェケースを開けて【ノストロ】のスイッチを入れた。直ちにブーンという低い駆動音が走り、パネル上のメーターがカタカタと準備に掛かる。俺はいつものようにヘッドフォン型の睡眠導入器を着けさせると、オギノに【ノイ】を一錠、手渡した。素人には単なるビタミン剤の青いカプセルにしか見えない【ノイ】だが、改善記憶の全てが実は此処に詰まっていると言っても良いほどの科学の結晶だった。分析と修復機能を同時にもつナノマシーンである【ノイ】は患者の表層と深層心理を同時に恣意的に変化させることができる。

オギノが現在所有している記憶の全ては【ソロモン】によって選択・創造され、【ノイ】によって導入されたものだった。

実際にはオギノは自身の子ども二人を鉈で次々に殺害し、その肉を喰らっているところを当局に逮捕され、投獄されたのだが、研究の要在りとの判断から、この【ゼルリオン】送りとなったのだ。日本の国土とほぼ同面積を持つ、宇宙空間都市【ゼルリオン】には二種類の人間しか居ない。【ソロモン】の支配下におかれ改善記憶によって現在の人格を維持している者とそれらを管理する者。

当然、改善記憶をもつ者は過去に凶悪犯罪を起こしている。死刑制度が廃止された当時、戦争や紛争によって生じる長期受刑者の処遇が世界的な問題となっていた。拘禁症状から精神に異常を来した者や外部の組織犯罪集団からの援助を受けた者の度重なる激烈な暴動が世界各地の矯正施設内で勃発し、一国家による犯罪者の矯正システムが瓦解するかにみえた。緊急対応を迫られた先進主要国が団結して事態の収拾に当たった結果、導き出されたのが囚人の人格改変による【特殊一般化】であった。【特殊一般化】とは本人の認知できない部分での劇的な意識改変を行うことで反社会的傾向の鎮静消去を狙いとし、長年にわたる拘禁状態への対応を平和裡に進行させるというものであった。此には人間の記憶を国家的に最良のものへと改変する【ミノタウロ】という技術が基盤となっており、【ミノタウロ】は地球上の人間全てに五百万回ずつの人格改善ができるパワーを持つスーパーコンピューター【ソロモン】と百万年分の模造感覚をあらゆる人間に合わせて提供することのできるバイオコンピューター【ピグマリオン】とが連携することによって完全な矯正施設【ゼルリオン】を統治することに成功していた。

【ノイ】は【ミノタウロ】と【ソロモン】の目であり耳であり、手であった。

囚人達は【特殊一般化】により自分たちの過去の記憶を改変・消去され、【ソロモン】によって与えられた記憶をもった別の人間として終生暮らす。そこには自分の犯した罪に対する良心の呵責も捻れも存在せず、ただひたすら平々凡々とした社会の歯車としての生活があるのみだ。当然のことながら、【ソロモン】【ゼルリオン】を始めとするシステムについては全く知らされないし、何か情報に触れるような場合があったとしても二重三重のセキュリティによって、それらは意識から除外されるようになっていた。

　こうしたシステムの賛否は未だに侃々諤々の議論が交わされているが結論の出る日はないだろうとされ、背に腹は代えられないといった国家主体は続々と参加表明し、自国の犯罪者矯正システムと交替させている。

　なぜならこのシステムの最大のメリットは囚人を『良き国民』として統治することで莫大な社会的利益を上げられることにあった。囚人は自己の過去に引きずられることなく良き社会人として働く。当然、その労働力は厭々ながらに強制されていた刑務所での労働作業などとは比較にならぬものがあった。実際、優れた研究者や開発者であったものの凶悪犯罪を犯した者をかつては再利用する方法はなかったが、本システムでは彼らに別の人間としての記憶を与えることで何ら問題なく社会に嬉々として貢献する人間を生み出すことができ、彼らが開発した特許技術や製品の権利は全て国家に帰属した。此に関する不平不満や抗弁も予めできないように囚人達には組み込まれていた。

【ノイ】を飲んだオギノが静かに寝入るのを待つ。すると【ノストロ】のモニター上に次々と【ノイ】からの情報が上がり、其れは同時に高速で【ソロモン】へと伝達されていく。俺のような下級【犍陀多】役人は、それらに手を入れることすら出来ない。ただただ【ノイ】と【ソロモン】の共同作業が終わるのを待ち、オギノを平静にさせておくのが仕事だ。

　オギノが幽霊だと申告したものは、明らかにかつて自分が惨殺した子どもであり、天井に棲み、ぶら下がるようにして出てきたというのは自己像であるに違いない。俺は【ノストロ】が終了時に音を出すように設定すると窓を開け、煙草を吸った。睡眠野を刺激されているオギノは軽く眉を顰めたまま寝息を立てていた。今やどこでも喫煙は禁じられている。自分の部屋以外で吸えるのはこうして治療されている最中の奴らの部屋のなかだけだ。俺はこうして一服することを特権のように感じ、満足していた。

やがて【ノストロ】から作業終了を知らせるチャイムが鳴り、俺は未だ寝入ったままのオギノからヘッドフォンを取り、アタッシェケースの中にしまった。記憶を弄られた人間の眠りは深い。きっと脳が辻褄合わせに躍起になるせいだとチンプは言っていた。

　俺はそっと立ち上がるとオギノの部屋を後にした。

「俺は一度だけ試したことがあるぜ」

　チンプはギネスの泡を唇に載せつつ、自慢気にそう言った。

「しっ。莫迦なことを言うなよ」

　フィッシュが辺りを窺う振りをする。

　ふたりは俺と同じ【犍陀多】なのだがコンビで活動していた。詳細は知らない。知らされないし、語ってはいけないのだ。お互いに【犍陀多】だとわかったのは、俺がそのパブに出入りするようになってからだ。声を掛けてきたのは向こうから。こいつらは浪費家でいつも金が無くてひーひー言っていた。

「【ノストロ】が壊れたことがあってな。【選】の奴らの前でおたついちまったんだよ。それであんまりじたばたするのはみっともないからケースの裏を触りまくっていたら、突然」チンプはそこでパキッと指を鳴らし「世界が出てきたというわけさ」

「俺は知らねえよ」

「おまえなんか知るはずがないだろう。おまえと組むうんと昔の話だぜ。おまえなんかが知るはずがないよ」

「わかったよ。一度言えばわかるよ。一度言えば」

「二度言ってるのはおまえだぜ。おまえ」

俺はバーテンが呆れたような視線を送ってきているのがわかり、ふたりに出来るだけ小さな声で話すように促した。奴らは首を竦めて納得したようだった。

此の店のバーテンは彼らが嫌いだった。理由はわかる。ふたりとも格好が俺と違いホームレスそのものだったからだ。然し、中流階級の人間を担当している俺と違い、主に労働者階級を相手にしている彼らにとってはボロボロな作業服も【選】の者たちとの親和性を高めるための重要なツールであったし、その意味に於いてふたりはプロだった。その場に行ってから陰でこそこそと汚れ物を着、手足に泥を擦り付けて仲間を装うような手だてを取る連中とは一線を画していたし、そこを俺は買っていた。だから一見してホームレスと間違われても仕方がないわけだった。一度などは警官役として機能している【選】の人間ですら彼らの偽装を見抜けずに連行してしまったほどだった。

「其れで話はおしまいかい」

俺の言葉にチンプは首を振った。

「莫迦言うな。此で終わったら何の話だか全く意味がないじゃないか。あるよあるよ。この世の本当の姿ってのがさぁ」

「勿体付けずに言いなよ」

チンプは俺の言葉を楽しむかのように目玉をぐるりと一回転させると囁くように言った。

「モスグリーンだ。なにもかも空も建物も車も人間も全部が全部モスグリーン一色に塗り付けられている。たぶん海もそうだと思うよ」

「そんな莫迦な」

「だって事実だもの。俺がこの目で見たんだぜ。全て。全部。この世の在りとあらゆるものはモスグリーンなんだよ」

もう一度、俺は雑ぜっ返そうとチンプの方を向いたが奴の目は真剣そのものだった。考えてみれば、こんな危険な情報を冗談まじりに口にするメリットはどこにもない。我々の知らない【犍陀多】の耳に入り、上に告げ口でもされれば俺たちはどうなってしまうことだろう……。

「在るかも知れないな」ポツリとフィッシュは呟いた。MITでバーチャルリアリティを専攻していたというフィッシュはハリウッド映画を例に【ピグマリオン】が背景構築に使用するならば、モスグリーンは効果的だということを俺たちに説明した。

「所謂、俺たちが現在、選択しているのは平成二十年を基準とした都市空間だ。然し、江戸時代やなかには平安や室町、戦国時代がマッチングされた【選】も居ると言うじゃないか、彼らから見れば俺たち全員、丁髷を結った着物姿の筈なんだぜ」

【ピグマリオン】は人が見たいものを見たいように見せることができた。その複雑な神のようなカラクリの一端は〈モスグリーンの世界〉にあるということは驚くべき事実だった。

「よう、もうこんな話はよそうぜ」

一気呵成に語り終えたフィッシュは身震いしてみせた。俺たちは何だか興を一気に削がれてしまったような気分になり、もう一杯ずつ注文すると黙って飲み干し、店を出たところで別れた。

俺はチャチャにもう一度、連絡を入れてみた。やはり応答はなかったが、もしかすると店に出ているのかもしれないと思い、渋谷に出た。街は深夜にも拘わらず、人でごった返していた。これだけの老若男女の全てが【選】であり、過去に陰惨な事件を犯した者ばかりだと思うと背筋が寒くなった。

時折、そうした自分の視線にカチリカチリと音を立ててぶつかってくる別の視線に気づくことがある。今はハチ公の銅像がある脇の手すりに腰掛けながら手を脂まみれにしている若者が其れだった。前髪が顔の半分を隠しているが目だけが異様に輝いていた。

多分、【犍陀多】のひとりであろうが、ストレスによる疲弊が限界にまで達しているのであろう。俺たち【犍陀多】は或る意味、自分を欺き、他人を欺いて暮らしている。ふとした弾みで【選】に真実を悟られてしまうような事が在れば大事件であり、そうした失態は即時、失職の対象ともなろう。何度かそれらを匂わせる事態を目撃したことがあり、大抵の場合には警察か其れに準ずる何も知らぬ【選】の担当によって連れ去られてゆく。そうなれば二度と【ゼルリオン】に戻ってくることはないのだと課長は常に警告した。

秘密の保持……或る程度の年齢を経た者であれば難なくこなせるのであろうが、あの青年のように若い【犍陀多】には気の毒でもある。俺は彼に近づくとそっと近くに立ち、【犍陀多】であれば誰しもが耳に胼胝ができるほど聴いているはずの【ノストロ挽歌】をハミングしてみせた。すると青年は暫くして、もそもそと顔を突っ込んでいたハンバーガーの包み紙から顔を上げ、俺を見た。その目には明らかに目の前に突然現れた、自信満々の【犍陀多】に対する羨望と戸惑いが溢れていた。

「ゆっくり、着実に前進することだ」

俺は噛んで含めるように青年に呟くとその肩に触れた。青年は震えていた。

センター街へと渡る横断歩道から振り返ると青年はいつまでも俺を見送っていた。

『ミズキさんは外出中です』

電話をすると店長の暗い声がチャチャの仮名を使って応答してきた。俺は十一時半からの予約を入れると近くのレストランに入り、時間を潰すことにした。

キャッシュカードを確認すると給与の振り込みが為されていた。この時代の感覚で月額五十万が俺のひと月分のサラリーであり、官舎であることから家賃の心配は要らなかった。任務の責任上、両親との連絡は限られていたが、それでもそろそろ三十七になろうという息子のことを心配し、あれやこれやと縁談話を近況報告代わりの電話中に挟み込んでくるのには閉口していた。

俺にはチャチャがいた。

上級【犍陀多】であるチャチャは正に【ゼルリオン】の最前線を守る挺身隊とでも言うべき猛者でもあった。一見、十九、二十歳そこそこに見せかけてはいるが、此は【ピグマリオン】による視覚操作の結果であって、実際には俺と歳は変わることがない。本人は本当の自分を知ったら、きっと嫌いになるに違いないわなどと口癖のように呟くが俺には嫌いにならない絶対の自信があった。其れは何か？　ひとつは愛。ふたつめは尊敬だ。チャチャが主に相手にしている【選】は政府要人の姻戚関係者が圧倒的に多かった。勿論、彼らの誰一人も自分がかつて首相や大臣などの甥や子であったなどとは思いも寄らぬことであろうが、チャチャらはそうした要人の【選】専用の【犍陀多】であり、そうした彼女たちの活動は我々に対しても極秘中の極秘で詳細は漏れてこない。

当然、俺のような下級【犍陀多】にチャチャのような上級者が接触する機会があるはずもないのだが、ある日、渋谷駅に向かっていると電信柱の下で反吐を吐いている娘が居た。声を掛けてみるとそれがチャチャであった。まさに運命は俺とチャチャに【ピグマリオン】や神の脳と渾名される【ソロモン】ですら予想だにしなかった出会いをさせたのである。当時はファーストの状態を駆使していたチャチャだったが、現在ではトゥエニーを数えるようになっていた。初めてチャチャのような【犍陀多】の存在を聞かされた時には度肝を抜かれた、と同時に今更のように【ソロモン】らのシステムの狡猾ともいえる複雑さに舌を巻き、恐怖すら感じたほどだった。

「私は女性の特質を駆使することを期待されて抜擢されているの」

俺と初めて結ばれた夜、チャチャはそう言って泣いた。チャチャは驚くほど貧しい出の少女だった。限界集落に近い過疎地からトップの【犍陀多】になるには余人の想像を絶する苦労が在ったことだろう。俺は男の矜持としてそれらを根掘り葉掘りすることは止め、今現在、目の前にいるチャチャを理解することに全力を傾注させ、そのことが彼女の硬い自我の殻を打ち破ることに成功したのだと自負している。然し、最近では互いの任務が忙しくゆっくりと過ごす時間も少なくなっていることが唯一の不満でもあった。

俺は時間通りにふたりで決めたホテルに入るとチャチャを待った。暫くするとドアがノックされた。

「こんばんは」

現れたチャチャはまた姿を変えていた。

「驚いたな。今度は何だい」

「嫌い？　チェンジする？」

「いや、そんな必要はない。外見がどうあれ俺にとっては関係がない」

今回のチャチャは俺のおふくろのような歳になっていた。と言ってもそれも視覚効果だけの話であるのだが、それにしてもインパクトが強かった。

「トゥエニーワン仕様なの。年齢は四十三。身長百五十三センチ。体重八十五キロよ。重くて仕方ないわ。ホログラムか何かで出来ていると思うんだけど、手触りは本物そっくりなのよ。どう？」

俺はチャチャに勧められるが儘に上腕二頭筋の裏に触れてみた。其れはまるで振り袖のようにゆらゆらと頼りなかった。

「確かナインティーンの時も此に近い様態だった気がする」

「そうだったかしら」

「うむ」俺はアタッシェケースのなかからメモを取り出した。

「そうだ。日記に付けてある。あの時は六十三歳の老婆になって君は現れたんだ。加齢臭が云々という描写があるな」

「やめてよ」チャチャが軀をぶつけて来たので俺たちはまともにベッドの上に倒れ込んでしまった。チャチャの膝頭が俺の股間を直撃した。ガリッと胡桃を踏み潰したような音が軀の中でした瞬間、俺は全身を貫く激痛に耐えきれず、少し吐いてしまった。

「だ！　だいじょうぶ」

「うおお。ちょっと厳しいかもしれないな。バーチャルとはいえ重量感もあるな」

「でも脳内のことなのよ。全てはあなたの脳内で起きていること。だって自分にはいつものわたしにしか見えないんだもの」

「なんとか俺と居る時ぐらいはファーストの君に戻れないのかい」

「駄目よ。此だって自分が決めているわけじゃないんだもの。【選】が最も快適に治療を受けられるような人物に見えるよう【ピグマリオン】が投影しているだけなんだもの」

「参ったな」俺は股間の疼きを少しでも誤魔化そうと一服することにした。

「お風呂使わしてね」

チャチャはそう言うと立ち上がり服を脱ぎ始めた。背中にも腹にも肉が肉の上に重なっており、肩胛骨の上にはびっしりと毛が生えていた。まるで毛剝きの最中に放り出された熊のようだった。

「とりあえず一緒に入ろう」

股間が熱で腫れてしまわないか心配になりながらも俺はチャチャとの貴重な時間を無駄にしてしまいたくはなかった。ひと足先、湯船に入ると身を浸した。股間がジンジンと鼓動を打つのがわかった。

「まだ痛む？」シャワーを掛け湯しながらチャチャが訊ねてきた。トゥエニーワン仕様は腋毛も恥毛も大繁茂していた。股間から、まるでトロロ昆布のように長い陰毛が垂れていた。

「さっきの【選】失礼しちゃうのよ。フクダ首相の孫らしいんだけどさ。わたしの股間を見て尻毛バーガーじゃねえかなんて腐すの。悔しくて涙が出たわ」

「身の程知らずは相手にしない方が良い」

「でも、わたしは幸せ。こんな醜い軀なんか一時の事ですもの。また来週になれば別の軀に変われるんだし、そうしたらまた自信を持ってあなたの前にも立てるわ」

「今だって充分にきれいだよ」

「嘘。顔に勘弁してくれって書いてあるわよ」

「そんなことないよ」

「駄目。わたしに嘘はつけないわよ。でも、そう言って励ましてくれる心遣いが嬉しい」

チャチャは湯船に勢いよく飛び込んできた。その瞬間、彼女は再び俺の股間を踏みつけてしまった。俺は余りの痛みに耳鳴りがし、目の前が真っ暗になった——。気がつくと俺はベッドの上に寝かされていた。

「ごめんね。何だかうまくこの軀に慣れていないみたい」

「ああ」

「嫌いになった？」

「そんなはずあるわけないだろう」

「良かった嬉しい」

チャチャはそう言うなり軀をぶつけてきた。俺はベッド上部の大理石の棚に後頭部をぶつけ失神した。次に目が覚めたのはカサカサという衣擦れの音によってだった。チャチャは既にスカートとブラウスをつけていた。

「ごめんね、本当に」

「ああ良いよ。本当に動きに馴染んでいないようだな。気をつけた方が良い」

「うん。もう時間なの」

俺は頷きながら後頭部に手をやった。瘤ができていた。軀の表面が濡れて光っていた。俺がそれに触れているとチャチャが言った。

「舐めたわ。それしかできないもの」

「ああ、ありがとう」

指先に付いた液体を嗅ぐと鮭の中骨缶の汁に似た臭いがした。全身が鮭になったような気がしてきた。

「じゃあ、帰るから」

「わかった。金は財布から適当に持っていってくれ」

「もう貰ったわ」

チャチャは俺のおでこにキスをすると部屋を出て行った。ホテルを出てから確認すると財布から三万が減っていた。傍目から見ると恋人同士が何故此の様な金銭の授受を行うのか疑問に思うかもしれないが、此も其れも全ては【犍陀多】同士の恋愛を禁じたルールのお陰だった。形だけこうすることによってチャチャは自分に対する保全ができるのだと言った。そして金はいつかふたりで暮らす時の資金として貯金しているとも。

俺はチャチャが元気でありさえすれば其れで良いと思った。突然、暴走することもある【選】との関わりの中で生きているのだ。彼女が如何にホログラム的に変化していようと元気でありさえすれば必ず俺たちは幸せになれる。任務が終われば地球に戻れるのだし、その際には階級は特進しているのだから。

２７０

翌日、俺は別の【選】に向かおうと外に出たところをKに捕まった。Kは七十になろうかという担当外の【選】なのだが、どういうわけか夫婦共々、俺を自分の息子だと妄想してしまっていた。俺は彼らを担当している【犍陀多】へ管理を徹底してくれるよう課長を通じて何度も要望しているのだが、どのようにしても網の目をかいくぐるかのようにして、KとKの妻は俺の前に度々、出現した。

「今日の気分はどうですか？」

以前は力ずくで俺を自宅へ拉致しようとしたこともあったKだが、最近ではさすがに学んだのか強硬手段に訴えてくることはなくなった。然し、いずれにせよ不必要な【選】と交渉する時間はないし、俺には相手にしなければならない【選】が居た。

「まあまあです。ごきげんよう」

「あ、ちょっとお待ちなさい。あなたは何か使命があったんですよね。其れについてもう少しお尋ねしたいのですが。どうすればあなたが私どもと向き合って戴けるのか……其れについて良い知恵を戴きたいのです」

Kの言葉に俺は一瞬、背筋が寒くなった。俺はかつてこの老人に何かシステムに関わるようなことを漏らしたのであろうか……。

俺の顔に現れた不安を見て取ったのか老人は慌てて手を振った。

「いや、何かあなたに不快なことをしようというのではないんだ。冷静に話しませんか」

「俺があなたと話をしなくてはならない義理はない。とにかく一度、心療内科でもカウンセリングでも精神科でも受診することをお勧めする。あなたと俺との間で何か必要だというようなことがあるとすれば医師から連絡があるだろう」

Ｋは溜息をつくと曖昧な笑みを浮かべた。

「毎日毎日、意味もなく歩き回ることがそれほど楽しいかね。人生を浪費して何が楽しい」

「俺が何をしているのか、あんたたちが知る必要もなければ、了解して貰わなければ困るわけでもない」

その時、身近で閃光が走った。見るとデジカメを手にしたＫの老妻がシャッターを切るところだった。

「よせ」俺は老妻の手からカメラを取りあげようとした。すると老妻は「いやよ」と叫び、身を捻る。俺たちは暫し、揉み合いになった。セットの崩れた白髪の下、老妻の目からは涙がぼろぼろと零れていた。眼病なのかもしれない。俺は突然、感染したらと怖くなり、身を離した。「データを消してくれ」

「私のお葬式で使うの。遺影の横に並べて貰うんだから」

「何を言ってる、貴様。狂うにもほどがある」

俺はＩＣレコーダーのスイッチを入れた。全てを課長に聴いて貰い事態が逼迫していることを伝えなければならなかった。今や、老人だからといって油断はできない時代なのだ。老人でも免許さえあれば人を何人も轢くことが出来る。この二人はかつて八つになる息子を生きたまま燃えるドラム缶のなかに投げ入れ焼死させたという経験を持っていた。どこをどう繋げれば俺を息子だと勘違いするのか見当も付かないが、とにかく彼らの【呵責像】が早晩、【糸】を決壊させてしまうことは想像に難(かた)くなかった。

不意に老婆が「ぎぃ」と喚(わめ)くと飛びかかり、俺の頬に爪を立てた。反射的に俺は老婆を突き飛ばしていた。Ｋが短い声を上げ、駆け寄ると老妻を抱き起こそうとし、俺に振り向いた。「自分の母親になんてことを……」その目はいつになく怒りに燃えていた。「恥ずかしくないのか」

「とにかくあんたたちは早晩、事件を起こすぞ。ふたりしてキチンと医者に行け。そしてもう二度と俺の前には現れないでくれ。今度は本気だ。次に見かけたら通報する」

「ノイ……ソロモン……ミノタウロ……ノストロ……憶(おぼ)えていないのか」

俺の足が止まり、立ち去りかけていた軀を奴らに向きなおらせた。

「なんだと……」

Ｋは俺の足下にポケットサイズの手帳を放り投げた。それは小さなアルバムで、古びた写真の中には仔犬(こいぬ)と遊ぶ幼児が写っていた。

「全ておまえが可愛(かわい)がっていた犬の名前だ。おまえは可愛がる端から愛情がマックスになると次々と殺してしまったな。あの頃からもっと早くおまえの癖に気づいておくべきだった。ノイとはＮＯＩ(ナンバー・ワン)という意味だと教えてくれたのはおまえだったな。長い刑務所暮らしが人格を崩壊させてしまった……無念だ」

俺は突然、言い知れぬ不安に突き上げられた。こいつらは何者なのだという不安。自分が秘密を漏らしてしまったのではないかという不安。俺は駆け出した。

「援助は今日限りだ。憶えておけ！」Kの意味不明な言葉が背中に浴びせかけられた。

不思議なことに訪問先の【選】は不在だった。こんな事は初めてだった。俺は【ノストロ】から課長に連絡したが、呼び出し音が続くばかりで繋がらなかった。俺は不意に胸ポケットのICレコーダーに気づいた。もしかするとKとの会話の一切合切が課長に転送されてしまっていたのかもしれない。俺は転送スイッチである河童のデザイン部を確認したが、転送されている様子はなかった。が、よくよく考えてみると慌てて胸に手を当てた際、強く押しすぎてしまったかもしれない。それによって転送スイッチが切れたとすれば確認した時にはOFFになっているのも当然だった。とにかく【選】の不在と課長の不在は俺に大きくのし掛かってきた。

【選】のマンションから出たところで俺は後頭部を激しく殴りつけられ痙攣（けいれん）した。相手は倒れた俺の背中を尚（なお）も殴りつけ、アタッシェケースを狂ったように引き、持ち去ろうとしていた。俺は死んでも離すまいと渾身の力で持ち手を握り締めた。不意に相手の顔が見えた。

ハチ公脇でハンバーガーを齧っていた青年だった。「お、おまえは……」俺と目が合った瞬間、彼は手を離した。

「偉そうに……。人を見下したような目でよう……。たまんねえんだよ」

彼は俺の顔面を蹴りはぐった。口の中で鉄錆（てつさび）を思わせる血の味がし、小石が舌にぱらぱらと触った。吐き出すと血反吐と共に欠けた歯が散らばった。

「暫し待て（てましばし）！　混乱しているぞ（ぞるいてしんらんこ）！　【犍陀多】の使命を忘れるなかれ（れかなるれすわをいめしのただんか）！」俺は青年の暴力の合間

に【ソロモン語】で叫んだ。ゴブッ、鳩尾に蹴りが刺さり、俺は意識を失った。気がつくとアタッシェケースが消えていた。俺はよろよろと立ち上がった。最悪の事態が発生してしまったことは明らかだった。【ノストロ】の入ったケースを盗まれたのだ。俺はきっと刑務所に入れられ【犍陀多】であった頃の記憶を消去されてしまうに違いない。代わりに何が入れられるのか……。自ら全く選択のできない別の記憶。脳味噌へ、フォアグラ用の家鴨のように次々と訳のわからないものが詰め込まれ、そんなことにも気づかず昼寝の豚のように過ごすのだ。いや、もしかすると奴らは見せしめにもっと酷いことをするかもしれない。史上最悪の記憶を詰め込んだら人格が如何に変容するかの実験に使われるかもしれない。

　俺は両手を耳に当て力の限り叫んだ。叫ばなければ狂ってしまいそうだった。傍を【選】の者たちが遠回りをしていく。奴らは憐れにも何も知らないのだ。俺は叫びながら神社を見つけると境内の擬宝珠に触れ、課長に連絡を取った。

『脱出しろ……。君の失態によってシステムの瓦解が次の十分ほどで起き、それは幾何級数的に影響を及ぼすことになると【ソロモン】は予測した。【ソロモン】は矯正都市【ゼルリオン】への全ての接続を断つことを先程、選択した。故に一時間足らずで【ゼルリオン】内にいる全ての人間に最悪の記憶が一気呵成に甦る』俺が言葉を失っていると課長は付け足した。『クドー。其処は地獄と化す』

　俺は叫びながら神社から駆け出した。

　チャチャを救わなければならなかった。

俺は店に電話をしたが、時間が早すぎ誰も出なかった。其処でチンプとフィッシュなら妙案を持っているに違いないと奴らのアジトのある公園へ向かった。あろうことかふたりはカセットコンロの前に陣取り、のんびり雑炊を作っていた。

「何をしているんだ！」俺の言葉に目を丸くしたチンプは「へへ」と恥ずかしそうに笑った。

「たまには【選】の飯でも喰(く)って奴らの気持ちを理解しようと思ってさ。フィッシュが今朝方、コンビニのゴミ箱から拾ってきたんだ。鮭のおにぎりと……」

俺はチンプの襟を掴んで引き寄せた。「何を言ってるんだ。もう指令は来たんだろう。脱出ルートはどこだ。近くか？【選】の暴動からはどうやって逃げれば良いんだ」

チンプは俺の顔をまじまじと見つめた。「どうしたんだよ。落ち着けよ」時計は既に十分を経過していた。システムの瓦解が始まった頃だ。チャチャを救う時間は砂時計のように斯(こ)うしている間にも減っていく。

「まあ、食べな。案外いけるぜ」錆(さ)びたスプーンをフィッシュが俺の唇に押しつけた。雑炊の熱さが俺の自制心を吹き飛ばした。「ふざけるな！」俺はフィッシュの手を叩き払った。飛んだスプーンが遠くでチャリンと鳴った。

「おい。それはねえんじゃねえか」チンプが顔色を変えた。【選】との関わり合いの中で肉体労働に従事してきた軀は筋肉の塊を思わせた。「なんだってんだ、おまえ。藪(やぶ)から棒に」

「システムが！　瓦解するんだ！」俺は叫び、悲鳴に近い声で捲したてた。既にこうなってしまっては機密の保持も糞もない。「先程【ソロモン】が【ゼルリオン】の廃棄を決定した。全ての

【犍陀多】に対し避難命令が出たんだ。知らないのか？」

チンプは騒ぎを聞きつけて集まってきたホームレス型【選】の好奇の目をぐるりと見回すと俺に向き直った。「知らねえな」

「猶予はないんだ。いますぐに脱出しなければ矯正前の最悪の記憶が全ての【選】に甦ってしまう。此処は狂人の巣になるんだ」

「俺にはあんたが狂ってるようにしか見えねえ。今も昔も。もう潮時のようだから話してやるが、あんたが何を言っているのか、最初っから訳がわかんなかった。でも、付き合えば酒が飲めるからと話を合わせていたんだ。その分じゃ、ついに来ちまったようだな」

チンプは人差し指で、こめかみの辺りに円を描き、フィッシュと【選】の連中が声をあげて笑った。ふたりに何が起きているのかはわからなかったが、理解を求めている暇がないと判断した俺はチンプの青テントに入るとゴミ溜めを引っ繰り返しながら【ノストロ】を探し始めた。

「この野郎！　なにしやがるんだ」いきなり殴りつけられると俺はテントの外に放り出された。

「糞脳野郎！　失せろ！」

そう怒鳴るチンプの顔には俺の見知った面影は微塵も無かった。既に影響が出ている証拠だった。「頼む！【ノストロ】だけ貸してくれ！　どこにあるんだ。脱出指令書が届いているはずだ！」俺はテント内の小箪笥の引き出しを全て出し、裏を調べるために倒した。小型テレビがバチッと音を立て真っ暗になった。

「こんちくしょう！　みんな、叩き出せ！」チンプの声で一斉に【選】の手が俺を摑み、殴り、引っ掻き、引きずり倒した。

俺は糸屑のように殴られた後で神輿のように担がれ不法投棄されたゴミ溜めに叩き込まれた。衝撃で一斉に蚊が沸き立ち、俺に襲いかかってきた。其処は雨水とゴミの汁で沼のようになっていた。俺は何度も悲鳴をあげながら口の中に飛び込んでくる蚊を噛み、飲み下さなくてはならなかった。

可哀想だが、チンプとフィッシュは見殺しにするしかなかった。既にシステムの瓦解が始まっていることは【選】の行動を見ても明らかだった。

俺はチャチャのことだけを一心に念じた。【犍陀多】の能力のひとつに【希求】があった。其れは思っていると偶然とは思えない形で出会えたり、不意に啓示が降ってきたりするものだった。

俺は全身全霊を懸けて【希求】した。チャチャが俺を置いて【ゼルリオン】から脱出するはずがなかった。ということは俺が彼女を見つけ出さなければ彼女は死ぬ。それは俺自身の死を意味していた。チャチャのいない世界に意味はない。献身に献身を重ね【選】に性奉仕をしてきたチャチャ。このまま死なせてしまっては何のために生まれてきたと言えるだろうか。と、突然、俺はあまりの幸運に失禁しそうになった。渋谷駅前の巨大モニターにチャチャが映し出されたのである。しかも、その姿は二年前に初めて逢った時のファーストそのものだった。俺はその瞬間、彼女も自分を捜していたのだと理解した。彼女は危険を冒して軀を、顔を、それも本来の素顔であるファーストバージョンを晒していた。彼女の機転の良さと自分の命を賭してまで俺を求める勇気に俺は打ち震えた。

「チャチャ！　いま行くぞ！」俺は周囲の【選】が、たじろぐのも構わず絶叫した。

モニターの説明によると、チャチャはあと二十分ほどで大型書店の収録スタジオでテレビ出演するのだという。何か本でも書いたという形式の記憶を周囲の【選】に送り込んだらしく、それが話題になっているとのことだった。さすがだ。自らをアイドルのような位置づけにしてしまえば【選】は簡単には手を出せない。然し、其れもいつまでも持つはずがないが。

俺の前後左右を行き交う【選】の目付き、行動が明らかにおかしくなっていた。たぶん俺が【犍陀多】であることを無意識のうちに感知し始めているのだろう。俺を中心に人の流れが左右に割れていた。まるで海を渡るモーゼにでもなった気分だった。

俺は目的の書店に辿り着くと、まず洗面所に入った。酷い有様だった。服はあちこち千切れ、口はヒアルロン酸を打ちすぎたかのように膨らんでいた。殴られた顔のあちこちが変色し、ぶよぶよと膨らんでいた。顔を洗うことしかできなかったが、それだけでもグッと本来の自分に戻れたような気がした。

会場に近づくと壁時計が午後三時を指していた。俺は通路に積まれていた段ボール箱のなかに書店のエプロンが脱ぎ捨ててあるのを見つけ、それを着け、関係者以外立入禁止とあるドアを開けた。なかは細い廊下が続いており、進むと【冬月ノン様】とチャチャの偽名が書いてあるドアがあった。

俺は周囲に人がいないことを確認すると静かにドアを開けた。ドライヤーの音が聞こえた。部屋のなかは壁に鏡が備え付けてあり、その前に女がひとり座っていた――チャチャだった。幸運なことに他には誰もいなかった。

「チャチャ……」俺は衝立の陰からそっと声を掛けた。目の前にチャチャがいた。しかも先日の四十三歳のトゥエニーワン仕様などではない。素顔のファーストバージョン。彼女はフリルのついたピンクの衣装に身を包んでいた。【選】を利用するには最適なのだろう。彼女は髪をいじくっていた。然し、もう余り残された時間がない。

「チャチャ」俺はもう一度、声を掛けながら後ろから近づいた。鏡のなかのチャチャが俺に気づき、俺たちは目が合った。一瞬、その顔に厭なものが走ったように思え、俺は不吉な予感に囚われかけたが、すぐ鏡のなかのチャチャは抜群の笑顔になった。

「ひさしぶりね」

「何を言う。昨日逢ったばかりじゃないか。君はトゥエニーワン仕様。四十三歳で身長百五十、体重八十なんていうので。忘れたのか」

「ううん。そんなことない」

「連絡はあったろう。【ソロモン】はこの街を見限った。【ゼルリオン】は、もうおしまいさ」俺はチャチャが当然、知っているようなことまで口走っていた。そうしなければやりきれなかったのだ。やはり昨夜、逢ったとしてもこうして違うバージョンの彼女を見るとドギマギしてしまう。

チャチャはあからさまにショックを受けているようで小刻みに震えていた。俺は前に進み、チャチャの軀をソッと抱いた。

「大丈夫だ。おまえとなら必ず地球に帰還できる。おまえはそこで特進しろ。俺はたぶんだめだ

「……」

「どうして」

「今回の事態を引き起こしたのは、俺の失態のせいなんだ。ある若い【犍陀多】に【ノストロ】の入ったアタッシェケースを盗まれてしまった。それを感知した【ソロモン】が【ピグマリオン】や【ミノタウロ】と協議し、結果としてこの宇宙空間都市【ゼルリオン】の廃棄を決定した。あと数時間で【選】の奴らの改善前の悪夢の記憶が一斉に甦るだろう。そうなれば良心の呵責に耐えきれず、錯乱した人間が蛆虫（うじむし）のように湧く、この世の終わりがくるんだよ」

「怖いわ。どうすれば良いの」

「取り敢えず、おまえの【ノストロ】を貸してくれ。何とか俺から課長に連絡を入れてみる。最悪の場合にはおまえだけでも脱出するんだ。なんだ、おまえにだってこれぐらいの連絡は来ているんじゃなかったのか？　だからこんな催しに出ているのだと思っていた」

「ああ、そうね。そうなの。その『ノストン』とかは隣の部屋にあるわ。行きましょう」チャチャは俺を案内するようにドアの前に立った。「先に出て」

俺は頷くと廊下の様子を窺いながら外に出た。すると目の前でドアがバタンと閉じられてしまった。「チャチャ！　大丈夫か！」俺はドアをこじ開けようとしたがノブは思いの外ガッシリしていて動かせなかった。

何度も体当たりをしていると中からチャチャの悲鳴が聞こえた。

「大丈夫か？　チャチャ！　此処を開けろ！」すると廊下の端から何人もの【選】が喚きながら

走ってくるのが見えた。俺はチャチャに必ず戻ってくるからと叫び、その場を離れた。

店の裏側から店内に駆け出すと目の前にKが白衣の男を引き連れ立っていた。

俺は奴らに捕まってなるものかとエスカレーターを逆走して下り、ジグザグに店内を走り抜けた。

気がつくと俺は倉庫のようなところに居た。もう【選】の暴動は始まっているのだ。俺は捕まるか殺されるかだろう。然し、その前にチャチャだけは何としても逃げ出して欲しかった。

静かに倉庫のドアの開く音がした。

『チャチャなんて女はいないんだ。あの女はデリヘル上がりのアイドルに過ぎないよ。おまえがいままで言っていたことは全ておまえの妄想にすぎない。それこそ偽造記憶だ』

俺は戦慄した。課長の声だった。

『おとなしく出てくれれば何も心配はいらない。新しい心理療法だからと聞かされ、無理矢理、おまえを入院させた儂（わし）が莫迦だった。その後ろめたさから自然治癒に任せようと様々な援助を行って時間を稼いだが、それでもおまえは治らなかった。もう一度、やりなおそう。脳味噌の入れ替えをするんだ』

「出鱈目（でたらめ）言うな！　あんたの言うとおりにしてきた。あんたの為に働いてきたんじゃないか」

靴音が俺の隠れている看板の前に来た。

『もう良いんだ。準備は整った、次に目覚めればおまえは何の迷いもなくなっている。このことも全て忘れてな』

Kが喋(しゃべ)っていた。唇にインカムを思わせる機械を掛けたKの口が動くたびに課長の声が聞こえてきた。

『おまえは病気だ』

「ふざけるな！　騙(だま)されるものか！」俺はKに体当たりすると倉庫を駆け出した。店内放送にチャチャの声が聞こえた。

俺は硝子(ガラス)張りの小さなブーススタジオの前に立つとチャチャに手を振った。テレビ画面には、そんなチャチャの笑顔が大きく映し出されていた。チャチャは顔を強ばらせたが、周囲の【選】に気取られないように、また笑顔に戻った。

良かった、彼女ならうまく脱出できる。

そう確信した俺は倉庫で拾ってきた携帯式電動ドリルのスイッチを入れた。

俺の記憶はもう誰にも邪魔させたくない。此は俺とチャチャだけの永遠のものなんだ。

俺は海馬の奥深くへ向かって、こめかみにドリルの先端を押し当てた。頭がミキサーに突っ込まれたように揺れた。爆発したような悲鳴が花火のように彼方で連続した。世界がモスグリーンに反転した。やはりフィッシュは正しく、チンプも正しく、チャチャも正しく、俺も正しかったのだ。

世界はモスグリーンでできている。

著者プロフィール

平山夢明（ひらやま・ゆめあき）

1961年、神奈川県生まれ。

1993年から、実話怪談「『超』怖い話」シリーズに参加し、執筆活動を開始。

2006年、「独白するユニバーサル横メルカトル」で日本推理作家協会賞を受賞。

2010年、『ダイナー』で日本冒険小説協会大賞と大藪春彦賞を受賞。

作品に『暗くて静かでロックな娘』『デブを捨てに』『ヤギより上、猿より下』『あむんぜん』など。

装幀　坂野公一（welle design）
装画　Adobe Stock

初出

八月のくず　ライブドア携帯サイト　２００７年頃　詳細不詳

いつか聴こえなくなる唄　井上雅彦監修『ダーク・ロマンス　異形コレクションXLIX』（光文社文庫　２０２０年11月）

幻画の女　井上雅彦監修『幻想探偵　異形コレクションXLII』（光文社文庫　２００９年2月）

餌江。は怪談　「小説 野性時代」２０１４年9月号

祈り　井上雅彦監修『心霊理論　異形コレクションXXXVIII』（光文社文庫　２００７年8月）

箸魔　井上雅彦監修『憑依　異形コレクションXLV』（光文社文庫　２０１０年5月）

ふじみのちょんぼ　井上雅彦監修『蠱惑の本　異形コレクションL』（光文社文庫　２０２０年12月）

≒０・０４％　井上雅彦監修『伯爵の血族　紅ノ章　異形コレクションXXXVII』（光文社文庫　２００７年4月）

あるグレートマザーの告白　井上雅彦監修『Fの肖像 異形コレクションXLVI』（光文社文庫　２０１０年9月）

裏キオクストック発、最終便　「文學界」２００８年10月号

八月のくず

平山夢明短編集

2021年9月30日　初版1刷発行

著者　平山夢明

発行者　鈴木広和
発行所　株式会社 光文社
〒112-8011 東京都文京区音羽1-16-6
電話　編集部 03-5395-8254
書籍販売部 03-5395-8116
業務部 03-5395-8125
URL 光文社 https://www.kobunsha.com/

組版　萩原印刷
印刷所　萩原印刷
製本所　ナショナル製本

ISBN978-4-334-91424-0